COLLECTION FOLIO

Philip Roth

Le rabaissement

Traduit de l'américain
par Marie-Claire Pasquier

Gallimard

Titre original :

THE HUMBLING

Philip Roth est né à Newark, aux États-Unis, en 1933. Il vit dans le Connecticut.

Son premier roman, *Goodbye, Columbus* (Folio n° 1185), lui vaut le National Book Award en 1960, prix qui lui est de nouveau décerné en 1995 pour *Le Théâtre de Sabbath* (Folio n° 3072). Il a reçu à deux reprises le National Book Critics Circle Award, en 1987 pour *La contrevie* (Folio n° 4382) et en 1992 pour *Patrimoine* (Folio n° 2653). Le PEN Faulkner Award a récompensé les romans *Opération Shylock* (Folio n° 2937) et *La tache* (Folio n° 4000), également distingué par le prix Médicis étranger en 2002. Entre autres récompenses, *Le complot contre l'Amérique* (Folio n° 4637) a été consacré Meilleur livre de l'année par le *New York Times Book Review*. Le PEN Nabokov Award 2006 et le PEN Saul Bellow Award 2007 ont récompensé Philip Roth pour l'ensemble de son œuvre. En 2011, il reçoit la médaille National Humanities à la Maison-Blanche, puis le Man Booker International Prize.

Pour J. T.

1

Dispersés dans l'air léger

Il avait perdu sa magie. L'élan n'était plus là. Au théâtre, il n'avait jamais connu l'échec, ce qu'il faisait avait toujours été solide, abouti. Et puis il s'était produit cette chose terrible : il s'était soudain retrouvé incapable de jouer. Monter sur scène était devenu un calvaire. Au lieu d'être certain qu'il allait être extraordinaire, il savait qu'il allait à l'échec. Cela se produisit trois fois de suite et, à la troisième, cela n'intéressait plus personne, personne n'était venu. Il n'arrivait plus à atteindre le public. Son talent était mort.

Bien sûr, si on en a eu, il vous reste toujours quelque chose que personne d'autre ne possède. Je serai toujours différent de tous les autres, se rassurait Axler, parce que je suis qui je suis. J'ai cela en moi, et les gens s'en souviendront toujours. Mais le charisme qui avait été le sien, toute son originalité, ses singularités, ses traits distinctifs, tout ce qui avait fonctionné pour Falstaff, Peer Gynt et Oncle Vania, et qui avait valu à Simon Axler d'être reconnu comme le dernier des meilleurs comédiens américains du répertoire classique, rien de tout cela ne marchait plus, quel que fût le rôle. Tout ce qui avait fonctionné pour faire de lui ce qu'il était ne faisait maintenant que lui donner l'air d'un fou. Il avait conscience à chaque instant d'être sur scène, de la pire façon qui fût. Autrefois, quand il jouait, il ne pensait à rien. Ce qu'il faisait bien, c'était par instinct. Maintenant il pensait à tout, et cela tuait toute spontanéité, toute vitalité. Il essayait de contrôler son jeu par la pensée, et il ne réussissait qu'à le détruire. Bon, se rassurait Axler, c'est un accident de parcours. Même s'il avait déjà la soixantaine, cela passerait peut-être pendant qu'il était encore manifestement lui-même. Il ne serait pas le premier comédien chevronné à avoir connu cette expérience. Cela arrivait à des tas de gens. C'est quelque chose que j'ai déjà fait, pensait-il, alors je vais bien trouver un moyen. Je ne sais pas comment je vais m'y prendre cette fois, mais je vais trouver — cela va passer.

Cela ne passait pas. Il était incapable de jouer. La façon dont il savait, autrefois, capter et retenir l'attention du public ! Et maintenant il redoutait chaque représentation, il la redoutait toute la journée. Toute la journée, il était hanté par des pensées qui ne lui étaient jamais venues jusqu'alors avant une représentation : Je ne vais pas y arriver, je ne serai pas capable de le faire, ce n'est pas un rôle pour moi, j'en fais trop, ça sonne faux. Je ne sais même pas comment entamer ma première réplique. Et pendant ce temps-là, il essayait de meubler les heures en multipliant les préliminaires qui lui paraissaient indispensables : Il faut que je revoie ce monologue, il faut que je me repose, il faut que je fasse un peu de gymnastique, il faut que je revoie ce monologue. Quand il arrivait au théâtre, il était épuisé. Et redoutait d'entrer en scène. Il voyait se rapprocher de plus en plus le moment où ce serait à lui de jouer, et il savait qu'il en serait incapable. Il attendait que la liberté lui vienne, et que le moment prenne corps, il attendait d'oublier qui il était pour entrer dans son rôle. Au lieu de quoi il était là bras ballants, complètement vide, jouant comme un acteur qui ne sait plus où il en est. Il ne savait pas donner et il ne savait pas garder pour soi; il n'avait pas de fluidité et il n'avait pas de retenue. Jouer consistait, soir après soir, à tâcher de s'en tirer le moins mal possible.

Cela avait commencé dès que les gens lui avaient parlé. Il avait à peine plus de trois ou quatre ans qu'il était déjà fasciné par le fait de parler, et qu'on lui parle. Dès le début, il avait eu le sentiment d'être dans une pièce de théâtre. Il savait se servir de l'intensité de l'écoute, de la concentration, comme les acteurs de moindre envergure se servent du tape-à-l'œil. Il avait également ce pouvoir dans la vie, en particulier, lorsqu'il était plus jeune, auprès des femmes qui ne savaient pas qu'elles avaient une histoire personnelle jusqu'à ce qu'il leur révélât qu'elles en avaient une, et une voix, et un style qui n'appartenaient qu'à elles. Avec Axler, elles devenaient des actrices, elles devenaient les héroïnes de leur propre vie. Peu d'acteurs de théâtre savaient parler et écouter comme lui et, pourtant, il ne savait plus faire ni l'un ni l'autre. Les sons qui, auparavant, entraient dans son oreille, lui donnaient l'impression d'en sortir, et toute parole qu'il prononçait semblait jouée et non parlée. La source première de son jeu était dans ce qu'il entendait, sa réaction à ce qu'il entendait en était le cœur, et s'il ne pouvait ni écouter ni entendre, il n'avait rien sur quoi s'appuyer.

On lui demanda de jouer Prospero et Macbeth au Kennedy Center — difficile de rêver double programme plus ambitieux — et il fut lamentable dans les deux rôles, mais surtout en Macbeth. Il n'arrivait pas à jouer le Shakespeare assourdi, et il n'arrivait pas à jouer le Shakespeare assourdissant, or il avait joué Shakespeare toute sa vie. Son Macbeth était grotesque, tous ceux qui l'avaient vu l'avaient dit, et même des gens qui ne l'avaient pas vu. «Non, ils n'ont même pas besoin d'y avoir assisté, disait-il, pour vous insulter.» Beaucoup d'acteurs auraient eu recours à l'alcool pour se tirer d'affaire. Une vieille blague racontait qu'un certain acteur buvait toujours avant d'entrer en scène, et quand on l'avait mis en garde : «Tu ne devrais pas boire», il avait répondu : «Quoi, monter sur les planches tout seul !» Mais Axler ne se mit pas à boire, au lieu de cela il s'effondra. Sa chute fut phénoménale.

Le pire, c'était qu'il était lucide quant à sa chute tout comme il était lucide quant à son jeu. Sa souffrance était atroce et, en même temps, il n'était pas sûr qu'elle fût authentique, ce qui ne faisait qu'empirer les choses. Il ne savait pas comment il allait passer d'une minute à la suivante, il avait l'impression que son cerveau était en train de fondre. Être seul le terrifiait, il ne parvenait à dormir que deux ou trois heures par nuit, il mangeait à peine, chaque jour il envisageait de se tuer avec le fusil qu'il avait dans le grenier — un fusil à pompe Remington 870 qu'il gardait dans sa ferme isolée pour se défendre le cas échéant — et tout cela demeurait malgré tout du théâtre, du mauvais théâtre. Quand on joue le rôle de quelqu'un qui craque, il y a une structure, un ordre. Quand vous vous observez vous-même en train de craquer, que vous jouez le rôle de votre propre fin, c'est tout autre chose, quelque chose qui est submergé par la peur et l'épouvante.

Il n'arrivait pas à se convaincre qu'il était fou, pas plus qu'il n'était arrivé à convaincre ni lui-même ni qui que ce fût qu'il était Prospero ou Macbeth. Même comme fou, il manquait de naturel. Le seul rôle à sa portée était le rôle de quelqu'un qui joue un rôle. Un homme sain d'esprit qui joue un fou. Un homme maître de soi qui joue un homme désemparé. Un homme à la réussite éclatante, ayant une notoriété dans le monde du théâtre, un grand acteur baraqué, mesurant un mètre quatre-vingt-treize, avec une grosse tête chauve et un corps de bagarreur puissant, poilu, un visage formidablement expressif, avec une mâchoire volontaire, des yeux bruns sévères, une grande bouche à laquelle il pouvait faire faire toutes les grimaces du monde, et une voix grave, pleine d'autorité, qui venait du fond de la cage thoracique, toujours un peu grondante ; un homme qui cultivait scrupuleusement le style noble, qui donnait l'impression de pouvoir faire face à n'importe quoi et se couler avec facilité dans tous les rôles offerts à l'homme, l'incarnation même de la résilience invulnérable, un homme qui semblait avoir intégré dans son être l'ego d'un géant à toute épreuve ; c'est cet homme-là qui jouait l'avorton insignifiant. Il hurlait lorsqu'il se réveillait au milieu de la nuit et se retrouvait piégé dans le rôle d'un homme privé de lui-même, de son talent, de sa place dans le monde, un homme méprisable qui n'était rien de plus que l'inventaire de ses défauts. Le matin, il restait terré dans son lit pendant des heures, mais au lieu d'échapper à son rôle, il ne faisait que le jouer. Et quand il finissait par se lever, la seule chose à laquelle il pouvait penser était le suicide, et pas seulement sa simulation. Un homme qui voulait vivre jouant un homme qui veut mourir.

En même temps, les paroles les plus célèbres de Prospero ne le laissaient pas en repos, peut-être parce qu'il les avait si récemment estropiées. Elles lui revenaient si régulièrement en tête qu'elles devinrent bientôt un brouhaha tortueusement vide de sens et ne désignant aucune réalité, mais ayant cependant la force d'un envoûtement plein de signification pour lui. « Nos fêtes maintenant sont finies. Nos acteurs / comme je vous l'ai dit, n'étaient que des esprits / qui se sont dispersés dans l'air, dans l'air léger[1]. » Il ne pouvait pas se sortir « l'air léger » de la tête, les trois syllabes se télescopaient sans fin cependant qu'il gisait, impuissant, dans son lit le matin ; elles avaient beau perdre de plus en plus leur sens, il émanait d'elles quelque obscure accusation. Toute sa personnalité si complexe était entièrement à la merci de « l'air léger ».

Victoria, la femme d'Axler, n'était plus en état de prendre soin de lui, et c'est elle qui avait maintenant besoin qu'on veille sur elle. Elle se mettait à pleurer chaque fois qu'elle le voyait assis à la table de la cuisine, la tête dans les mains, incapable d'avaler le repas qu'elle lui avait préparé. « Essaye un peu », le suppliait-elle, mais il ne mangeait rien, ne disait rien, et bientôt Victoria se mit à paniquer. Elle ne l'avait jamais vu baisser les bras à ce point, même lorsque, huit ans auparavant, ses parents âgés étaient morts dans un accident d'automobile, avec son père au volant. À l'époque, il avait pleuré, et puis il s'était ressaisi.

* *La Tempête*, traduction de Jean-Claude Carrière, 1990.

Il se ressaisissait toujours. En cas de coup dur, il accusait le choc, mais son jeu n'était jamais atteint. Et quand Victoria était dans la tourmente, c'est lui qui l'aidait à se montrer forte et à surmonter l'obstacle, notamment lorsque son fils avait eu des problèmes de drogue. Il y avait aussi pour elle en permanence la perspective éprouvante du vieillissement et de la fin de sa carrière. Tant de déceptions, mais il était là, alors elle tenait bon. Si seulement il pouvait être encore là, l'homme sur qui elle avait toujours compté !

Dans les années cinquante, Victoria Powers avait été la plus jeune favorite de Balanchine. Puis elle s'était blessé le genou, avait subi une opération, s'était remise à danser, s'était à nouveau blessée, avait subi encore une opération ; et quand elle avait été rétablie pour la deuxième fois, une autre danseuse était la plus jeune favorite de Balanchine. Elle n'avait jamais retrouvé sa place. Il y eut le mariage, le fils, un divorce, un deuxième mariage, un deuxième divorce, et c'est alors qu'elle rencontra Simon Axler et tomba amoureuse de lui — le même Axler qui, vingt ans plus tôt, venu à New York après l'université pour faire carrière au théâtre, allait la voir danser au City Center : non parce qu'il adorait la danse classique mais parce qu'elle avait le don de susciter le désir charnel chez le jeune homme qu'il était, en passant par le sentier des plus tendres émotions. Elle avait survécu dans sa mémoire pendant des années comme l'incarnation même du trouble érotique. Quand ils se rencontrèrent, dans les années soixante-dix, tous les deux quadragénaires, il y avait longtemps que personne n'avait plus demandé à Victoria de monter sur scène, même si, faisant contre mauvaise fortune bon cœur, elle allait tous les jours à ses séances d'entraînement dans un studio de danse de son quartier. Elle avait fait tout son possible pour rester en forme et garder une allure jeune, mais, à la fin, elle n'avait plus les moyens artistiques, si elle les avait jamais eus, de faire passer son charme érotique.

Après la débâcle du Kennedy Center et l'effondrement inattendu d'Axler, Victoria craqua et s'envola pour la Californie pour être près de son fils.

D'un seul coup Axler se retrouva seul dans la maison et tremblant à l'idée de se tuer. Il n'y avait plus rien qui puisse l'en empêcher. Il pouvait maintenant passer à l'acte et réaliser ce dont il n'avait pas été capable tant qu'elle était encore avec lui : monter jusqu'au grenier, charger le fusil, mettre le canon dans sa bouche et avec ses longs bras atteindre la détente et tirer. Comme suite à l'épouse, le fusil. Mais une fois qu'elle fut partie, il ne tint pas une heure tout seul, et il n'était même pas encore monté jusqu'au premier étage en direction du grenier, que déjà il appelait son docteur pour lui demander de le faire admettre le jour même dans un hôpital psychiatrique. Dans le quart d'heure qui avait suivi, le docteur lui avait trouvé une place à Hammerton, un petit hôpital de bonne réputation à quelques heures au nord de New York.

Il y passa vingt-six jours. Une fois interrogé, ayant défait ses bagages, s'étant fait confisquer son arme par une infirmière, une fois ses effets de valeur emmenés à l'administration pour être mis en sécurité, une fois qu'il fut seul dans la chambre qu'on lui avait assignée, il s'assit sur le lit et se remémora chacun des rôles qu'il avait joués, avec une totale confiance, depuis l'époque où, jeune homme, il était devenu comédien professionnel. Qu'est-ce qui avait aujourd'hui détruit cette confiance ? Que faisait-il dans cette chambre d'hôpital ? Une parodie de lui-même était née, parodie qui n'existait pas auparavant, qui n'était fondée sur rien, et cette parodie de lui-même, c'était lui : comment était-ce arrivé ? Était-ce seulement le passage du temps qui amenait décrépitude et effondrement ? Était-ce un signe de vieillissement ? Physiquement, il avait encore fière allure. Ses objectifs en tant que comédien n'avaient pas changé, ni sa façon scrupuleuse de préparer un rôle. Personne n'était plus sérieux, plus appliqué, plus minutieux que lui, personne ne prenait plus de peine pour entretenir son talent, ni n'avait montré plus de souplesse pour s'adapter aux multiples changements auxquels est exposée une carrière théâtrale en l'espace de plusieurs dizaines d'années. Cesser aussi brutalement d'être l'acteur qu'il était, c'était inexplicable : comme si une nuit, pendant son sommeil, on l'avait dépossédé du poids et de la substance de son identité professionnelle. La capacité de parler sur scène et d'écouter quand on lui parlait, c'est à cela que ça revenait, et c'était ce qui avait disparu.

Le psychiatre qu'il vit, le docteur Farr, mit en doute que ce qui lui était arrivé pût véritablement être sans motif, et pendant leurs séances bihebdomadaires, il lui demanda d'examiner les circonstances de sa vie qui avaient précédé l'apparition de ce qu'il décrivit comme «le cauchemar universel». Il voulait dire par là que la mésaventure de l'acteur au théâtre — monter sur les planches et s'apercevoir qu'on est incapable de jouer — faisait partie des rêves inquiétants de beaucoup de gens, des gens qui, contrairement à Simon Axler, n'étaient pas des comédiens professionnels. Monter sur les planches et être incapable de jouer faisait partie des scénarios classiques que presque tous les patients venaient raconter un jour ou l'autre. Cela, ou se promener tout nu dans une rue pleine de monde, ou ne pas être prêt pour un examen capital, ou tomber d'une falaise, ou s'apercevoir sur l'autoroute que vos freins ne marchent pas. Le docteur Farr demanda à Axler de lui parler de sa vie conjugale, de la mort de ses parents, de ses relations avec son beau-fils drogué, de son enfance, de son adolescence, de ses débuts en tant qu'acteur, d'une sœur aînée qui était morte d'un lupus quand il avait vingt ans. Le docteur voulait en particulier avoir des détails sur les semaines et les mois qui avaient conduit à la prestation d'Axler au Kennedy Center, et savoir s'il se souvenait de quelque chose d'inhabituel, important ou pas, qui aurait eu lieu durant cette période. Axler fit tout son possible pour dire la vérité, et mettre ainsi au jour l'origine de son état — et retrouver du même coup ses facultés — mais, à sa connaissance, rien de ce qu'il put dire au médecin compréhensif et attentif assis en face de lui ne révéla la moindre cause possible au « cauchemar universel ». Ce qui ne fit qu'aggraver le cauchemar. Il parlait malgré tout au docteur, chaque fois qu'il le voyait. Pourquoi pas ? À un certain degré de détresse, on est prêt à tenter n'importe quoi pour expliquer ce qui vous arrive, même si l'on sait que cela n'explique rien du tout, et que les explications infructueuses ne font que se succéder les unes aux autres.

Au bout d'une vingtaine de jours de son séjour à l'hôpital, vint une nuit où, au lieu de se réveiller à deux ou trois heures du matin et de rester plongé dans sa terreur jusqu'à l'aube, il dormit d'une traite jusqu'à huit heures, tellement tard par rapport aux normes de l'hôpital qu'une infirmière dut venir le réveiller pour qu'il puisse aller prendre au réfectoire le petit déjeuner de huit heures moins le quart avec les autres patients, avant de commencer sa journée qui comprenait la thérapie de groupe, l'art-thérapie, une consultation avec le docteur Farr, et une séance avec la kinésithérapeute qui faisait de son mieux pour soulager ses douleurs vertébrales. Chaque heure de la journée était occupée par des activités et des rendez-vous afin d'empêcher les patients de se cloîtrer dans leur chambre pour rester allongés sur leur lit, déprimés et malheureux, ou de bavarder entre eux, ce que certains faisaient de toute manière pendant la soirée, à se raconter la façon dont ils s'y étaient pris pour mettre fin à leurs jours.

Plusieurs fois il était resté assis dans un coin de la salle de loisirs avec la petite bande de patients suicidaires, et il les avait écoutés se raconter avec quelle ardeur ils avaient conçu le projet de se tuer, et se lamenter d'avoir échoué. Chacun d'entre eux ou d'entre elles était encore submergé par l'ampleur de sa tentative de suicide, et la honte d'y avoir survécu. Que des gens parviennent à leurs fins, à maîtriser leur mort, c'était pour eux source de fascination, c'était leur thème de prédilection, comme le sport pour des collégiens. Plusieurs d'entre eux décrivaient une sensation ressemblant au flash que doit connaître un psychopathe lorsqu'il tue quelqu'un, flash qui s'était emparé d'eux au moment de tenter de se tuer. Une jeune femme déclara : « À vos propres yeux et à ceux de tout votre entourage, vous apparaissez comme paralysé, incapable de la moindre initiative, et pourtant vous pouvez déci-

der de commettre l'acte le plus difficile qui soit. C'est excitant. C'est tonifiant. C'est euphorisant.
— Oui, affirma quelqu'un d'autre, il y a là une sorte de délectation morose. Votre vie tombe en lambeaux, elle n'a pas de centre de gravité, et le suicide est l'unique chose que vous puissiez contrôler. » Un homme d'un certain âge, un professeur à la retraite qui avait essayé de se pendre dans son garage, leur fit un topo sur la façon dont les gens considèrent le suicide de l'extérieur. « Ce que tout le monde cherche à faire, à propos du suicide, c'est l'expliquer. L'expliquer et porter un jugement. C'est tellement épouvantable pour ceux qui restent qu'ils veulent à tout prix qu'on puisse en penser quelque chose. Certains y voient une lâcheté. Certains, un geste criminel, un crime commis contre les survivants. Une autre école de pensée y voit de l'héroïsme, une preuve de courage. Et puis il y a les puristes. Pour eux, la question, c'est : était-ce justifié, y avait-il un motif suffisant ? Le point de vue plus clinique, qui ne vise ni à punir ni à idéaliser, est celui du psychologue, qui essaie de décrire l'état d'esprit du suicidé, celui dans lequel il se trouvait au moment de l'acte. » Il brodait sempiternellement sur le même thème, pratiquement tous les soirs ; comme si, au lieu d'être un patient angoissé comme tous les autres, il était un conférencier qu'on avait invité pour élucider le sujet qui les obsédait nuit et jour. Un soir, Axler prit la parole, n'ayant pas connu, réalisait-il, un public aussi nombreux depuis qu'il

avait renoncé à monter sur scène. « Le suicide, leur dit-il, c'est le rôle que vous vous écrivez pour vous-même. Vous l'habitez, et vous le jouez. Tout est mis en scène avec soin — où on vous trouvera, et comment on vous trouvera. » Puis il ajouta : « Mais il n'y aura qu'une représentation. »

Dans leurs conversations, tout ce qui était d'ordre privé s'exposait avec facilité, sans honte ; le suicide apparaissait comme un formidable objectif, et la vie une condition haïssable. Parmi les patients qu'il rencontrait, certains le reconnaissaient aussitôt à cause de la demi-douzaine de films dans lesquels il avait joué, mais ils étaient trop plongés dans leurs problèmes pour lui porter plus attention qu'à n'importe qui d'autre, hormis leur propre personne. Et le personnel était trop occupé pour se laisser distraire longtemps par sa notoriété d'acteur. À l'hôpital, il était pratiquement anonyme, non seulement aux yeux des autres, mais aussi aux siens.

À partir du moment où il redécouvrit le miracle d'une bonne nuit de sommeil et où c'était l'infirmière qui devait le réveiller pour le petit déjeuner, la terreur qui l'habitait commença à s'éloigner. On lui avait donné un antidépresseur qui ne lui réussissait pas, puis un deuxième, et finalement un troisième qui n'avait pas d'effets secondaires intolérables, mais il n'aurait pas su dire si cela lui faisait le moindre bien. Il n'arrivait pas à croire que l'amélioration de son état eût quoi que ce soit à voir avec des cachets ou des consultations avec des psychiatres, de la thérapie de groupe ou de l'art-thérapie, qu'il voyait comme autant d'exercices stériles. Ce qui continuait à lui faire peur, au fur et à mesure que s'approchait le jour de sa sortie de l'hôpital, c'était que rien de ce qui lui arrivait ne semblait avoir le moindre rapport avec quoi que ce soit d'autre. Comme il l'avait dit au docteur Farr, et comme il s'en était convaincu lui-même en se donnant tout le mal possible pour détecter une cause pendant leurs séances, c'était sans la moindre bonne raison qu'il avait perdu sa magie en tant qu'acteur, et c'est de façon tout aussi arbitraire que son désir de mettre fin à ses jours s'était éloigné, du moins pour l'instant. « Rien n'a de bonne raison de se produire, dit-il au médecin, plus tard ce jour-là. On perd, on gagne — tout cela n'est que hasard. La toute-puissance du hasard. La probabilité du retournement. Oui, l'imprévisible retournement, et son pouvoir. »

Vers la fin de son séjour, il se fit une amie, et, tous les soirs où ils dînaient ensemble, elle lui répétait son histoire. Il l'avait rencontrée en art-thérapie et, depuis, ils s'asseyaient l'un en face de l'autre à une table pour deux au réfectoire, à bavarder comme un couple qui se retrouve pour un rendez-vous ou encore, étant donné les trente ans de différence d'âge, comme un père et sa fille, même si c'était à propos de sa tentative de suicide. Le jour où ils s'étaient rencontrés, deux jours après qu'elle fut arrivée à l'hôpital, ils étaient tous les deux seuls dans la salle de dessin, avec la thérapeute qui, comme si l'on était au jardin d'enfants, leur avait donné à chacun des feuilles de papier blanc et une boîte de pastels pour qu'ils puissent jouer avec, en leur disant de faire le dessin de leur choix. Il ne manquait, s'était-il dit, que les petites tables et les petites chaises. Pour faire plaisir à la thérapeute, ils avaient travaillé en silence pendant un quart d'heure, puis, toujours à cause d'elle, chacun avait écouté avec attention les réactions de l'autre à son dessin. Elle avait dessiné une maison et un jardin, et lui, le portrait de lui-même en train de dessiner : le portrait, avait-il dit à la thérapeute lorsqu'elle lui avait demandé ce qu'il avait fait, d'un homme qui a craqué, qui se fait interner, qui va à une séance d'art-thérapie et à qui la thérapeute demande de faire un dessin. « Et si vous deviez donner un titre à votre dessin, Simon, qu'est-ce que ce serait ? — La réponse est toute trouvée. "Qu'est-ce que je peux bien foutre ici ?" »

Les cinq autres patients qui avaient rendez-vous pour cette séance étaient retournés au lit, incapables de faire autre chose que de rester là à pleurer, ou bien, comme s'ils étaient sous le coup d'une urgence, ils s'étaient précipités sans rendez-vous au cabinet de leur médecin. Ils étaient dans la salle d'attente, se préparant à se lamenter à propos de la femme, du mari, de l'enfant, du patron, de la mère, du père, du petit ami, de la petite amie : bref, de la personne qu'ils ne voulaient plus jamais revoir, ou qu'ils accepteraient de revoir à condition que le médecin soit présent, et qu'il n'y ait ni cris, ni violence, ni menaces de violence, ou encore de celle qui leur manquait terriblement et sans qui ils ne sauraient vivre et qu'ils voulaient récupérer à tout prix. Chacun d'eux était là à attendre son tour pour accuser un père ou une mère, vilipender un frère ou une sœur, dénigrer un époux ou une épouse, pour plaider sa cause, s'autoflageller, ou s'apitoyer sur son sort. Un ou deux d'entre eux encore capables de se concentrer — ou de faire semblant — sur autre chose que la douleur de leurs doléances feuilletaient, en attendant le médecin, un exemplaire de *Time Magazine*, ou de *Sports Illustrated*, ou prenaient le journal local et essayaient de faire les mots croisés. Tous les autres restaient assis là dans un silence lugubre, intérieurement sous pression et se préparant à aborder, en puisant dans le vocabulaire de la psychologie de bazar ou de la presse à sensation la plus vulgaire, ou de la souffrance chrétienne, ou de la paranoïa, les thèmes ancestraux du répertoire dramatique : l'inceste, la trahison, l'injustice, la cruauté, la vengeance, la jalousie, les rivalités, le désir, le deuil, le déshonneur et la douleur.

C'était une créature fluette, aux cheveux bruns, blanche de peau, avec l'ossature grêle d'une fillette souffreteuse qui aurait été quatre fois moins âgée qu'elle. Elle s'appelait Sybil Van Buren. Aux yeux de l'acteur, elle semblait avoir un corps de trente-cinq ans qui non seulement refusait d'être fort mais qui redoutait jusqu'à l'apparence de la force. Et pourtant, malgré son air si délicat, elle lui avait dit, en retournant, après la séance de thérapie, vers le bâtiment principal : «Vous voulez bien dîner avec moi, Simon ?» Étonnant. Comme s'il lui restait quelque désir de ne pas se laisser complètement engloutir. Ou peut-être qu'elle lui avait demandé de rester à côté d'elle dans l'espoir de voir une étincelle jaillir entre eux qui l'achèverait pour de bon. Il était de taille à jouer ce rôle, bien assez costaud pour ne faire qu'une bouchée d'une petite épave flottant à la dérive. Même ici — où sans l'aide de la pharmacopée, toute démonstration de stabilité, sans même parler de panache, avait peu de chances de calmer longtemps le maelström de terreur qui tourbillonnait à l'arrière du gosier — il n'avait pas perdu la démarche chaloupée, pleine d'assurance, de l'homme fatal, qui avait contribué jadis à faire de lui un Othello si original. Et donc c'est vrai, s'il restait pour elle quelque espoir de faire le grand plongeon, peut-être que des relations d'intimité avec lui iraient dans le bon sens. Du moins est-ce ce qu'il avait pensé au début.

«J'ai vécu si longtemps dans le carcan de la prudence, lui dit Sybil au dîner ce premier soir. La maîtresse de maison efficace qui fait du jardinage, de la couture, qui sait tout réparer, et qui sait également recevoir. Le faire-valoir tranquille, stable, loyal de l'homme riche et puissant, et qui se consacre de tout cœur, à l'ancienne, sans arrière-pensées, à la tâche d'élever les enfants. L'existence ordinaire d'une mortelle sans importance. Bien, je suis sortie faire les courses, quoi de plus ordinaire que cela ? Y a-t-il là de quoi se faire le moindre souci ? J'avais laissé ma fille jouer dans le jardin et notre petit garçon dormir en haut dans son berceau, et mon deuxième mari riche et puissant regarder un tournoi de golf à la télévision. J'ai fait demi-tour et je suis rentrée parce que, quand je suis arrivée au supermarché, je me suis aperçue que j'avais oublié mon porte-monnaie. Le petit dormait toujours. Et dans le salon, le tournoi de golf n'était pas terminé, mais ma fille de huit ans, ma petite Alison, était assise sur le canapé, sans sa petite culotte, et mon riche et puissant mari était agenouillé par terre, la tête entre ses petites jambes potelées.

— Qu'est-ce qu'il faisait là ?

— Ce que les hommes font là. »

Axler la regarda pleurer et ne dit rien.

« Vous avez vu mon dessin, finit-elle par dire. Le soleil qui brille sur une jolie maison et le jardin tout en fleurs. Vous me connaissez. *Tout le monde* me connaît. Je vois toujours le meilleur côté des choses. Je préfère qu'il en soit ainsi, et les gens qui m'entourent également. Il s'est relevé, pas du tout ému, et m'a dit qu'elle s'était plainte de quelque chose qui la démangeait, elle n'arrêtait pas de se gratter ; alors, avant qu'elle ne se fasse du mal, il était allé jeter un coup d'œil pour vérifier que tout allait bien. Et c'était le cas, m'assura-t-il. Il n'avait rien vu, pas d'égratignure, pas de rougeur, pas d'éruption… Elle n'avait rien du tout. "Bien, ai-je dit. Je suis revenue chercher mon porte-monnaie." Et au lieu d'aller au sous-sol chercher son fusil de chasse et de le cribler de balles, j'ai trouvé mon porte-monnaie dans la cuisine, j'ai dit : "Bon, je repars", et je suis allée faire mes courses comme si ce que je venais de voir était une chose parfaitement naturelle. En état de choc, hébétée, j'ai rempli deux caddies. J'en aurais rempli encore deux, encore quatre, encore six, si le gérant ne m'avait pas vue pleurer comme une Madeleine, et n'était pas venu me demander si ça allait. Il m'a ramenée dans sa voiture. J'ai laissé ma voiture au parking, là-bas, et je me suis laissé ramener. Je n'arrivais pas à monter les escaliers. Il a fallu me transporter jusqu'à mon lit. J'y suis restée quatre jours, incapable de parler ou de manger, à peine capable de me traîner jusqu'aux toilettes. La version officielle fut que j'avais eu un accès de fièvre et que le médecin m'avait ordonné de rester couchée. Mon riche et puissant deuxième mari se montra aux petits soins. Ma petite Alison chérie m'apporta gentiment un vase avec des fleurs cueillies dans le jardin. Je n'ai pas pu lui demander, je ne suis pas arrivée à dire : "Qui t'a enlevé ta petite culotte? Qu'est-ce que tu voudrais me dire? Si tu avais vraiment eu quelque chose qui te démangeait, tu aurais attendu, sûrement, que je sois rentrée pour me le montrer ? Mais, mon chou, si rien ne te démangeait… ma petite chérie, s'il y a quelque chose que tu ne me dis pas parce que tu as peur de… ?" Mais c'est moi qui avais peur. Je n'y suis pas arrivée. Le quatrième jour, j'étais arrivée à me convaincre que j'avais tout imaginé, et deux semaines plus tard, pendant qu'Alison était en classe et lui à son travail, et que le petit faisait sa sieste, j'ai sorti le vin, le Valium et le sac-poubelle en plastique. Mais je n'ai pas pu supporter de suffoquer. J'ai paniqué. J'ai pris les comprimés et le vin mais, ensuite, je me rappelle que quand l'air m'a manqué, j'ai aussitôt arraché le sac. Et je ne sais pas ce que je regrette le plus amèrement — d'avoir essayé ou de ne pas y être arrivée. Je ne veux qu'une chose, c'est le descendre. Seulement maintenant, lui, il est seul avec eux, et moi je suis ici. Il est seul avec mon petit trésor ! Ce n'est pas possible ! J'ai appelé ma sœur, et je lui ai demandé de rester à la maison avec eux, mais il n'a pas voulu la laisser dormir sur place. Il a expliqué que ce n'était pas la peine. Alors elle est repartie. Et moi, qu'est-ce que je peux faire ? Je suis ici, et Alison est là-bas ! J'étais paralysée ! Je n'ai rien fait de ce que j'aurais dû faire. Rien de ce que n'importe qui aurait fait à ma place ! J'aurais dû emmener aussitôt l'enfant chez le médecin ! J'aurais dû appeler la police ! C'était un acte criminel ! Il y a des lois qui interdisent ce genre de choses ! Au lieu de ça, je n'ai rien fait ! Mais lui, vous comprenez, il a dit qu'il ne s'était rien passé. Il dit que je suis hystérique, que j'ai des visions, que je suis folle — mais je ne le suis pas. Je vous jure, Simon, que je ne suis pas folle. *Je l'ai vu faire ça.*

— C'est horrible. Une transgression épouvantable, dit Axler. Je comprends pourquoi ça a eu un tel effet sur vous.

— C'est monstrueux. Il faut que je trouve quelqu'un, murmura-t-elle sur le ton de la confidence, pour tuer ce démon.

— Je suis sûr que vous pourriez trouver quelqu'un qui serait d'accord pour le faire.

— Vous ? demanda Sybil d'une petite voix. Je vous paierais.

— Si j'étais un tueur, je le ferais à titre gracieux, dit-il, en prenant la main qu'elle lui tendait. Les gens ne se connaissent plus quand une enfant innocente se fait violer. Mais je suis un acteur au chômage. Je m'y prendrais comme un manche, et nous irions tous les deux en prison.

— Qu'est-ce que je dois faire ? lui demanda-t-elle. Vous, qu'est-ce que vous feriez ?

— Reprenez des forces. Coopérez avec le médecin et essayez de reprendre des forces le plus vite possible pour aller retrouver vos enfants.

— Vous me croyez, non ?

— Je suis sûr que vous avez vu ce que vous avez vu.

— Est-ce qu'on peut dîner ensemble le soir ?

— Aussi longtemps que je resterai ici, dit-il.

— Pendant la séance d'art-thérapie, j'ai su que

vous comprendriez. Il y a une telle souffrance dans vos yeux. »

À quelques mois de sa sortie de l'hôpital, le fils de sa femme mourut d'une overdose, et le mariage de la danseuse sans emploi et de l'acteur sans emploi se termina par un divorce, ajoutant un cas de plus aux millions d'histoires d'hommes et de femmes qui connaissent une union malheureuse.

Un jour vers midi, une berline noire remonta l'allée et vint se garer à côté de la grange. C'était une Mercedes avec chauffeur, et le petit homme aux cheveux blancs qui descendit du siège arrière était Jerry Oppenheim, l'agent d'Axler. Après son séjour à l'hôpital, Jerry lui avait téléphoné de New York toutes les semaines pour savoir comment il allait, mais beaucoup de mois s'étaient écoulés sans qu'ils se parlent — l'acteur ayant choisi, à un certain moment, de ne plus répondre aux appels de son agent, ni pratiquement de personne d'autre — et la visite était inattendue. Il regarda Jerry, qui avait plus de quatre-vingts ans et qui marchait précautionneusement, s'avancer sur les pavés jusqu'à la porte d'entrée, un paquet dans une main et un bouquet de fleurs dans l'autre.

Axler ouvrit la porte avant même que Jerry ait pu frapper.

« Et si je n'avais pas été là ? dit-il en aidant Jerry à franchir le seuil.

— J'ai pris le risque », dit Jerry, en souriant avec douceur.

Il avait un visage lui-même plein de douceur, et une attitude courtoise qui n'entravait en rien la ténacité dont il faisait preuve pour défendre ses clients. « Eh bien, vous avez l'air en forme, physiquement au moins. À part cette expression désolée que vous arborez, vous n'avez pas du tout mauvaise mine, mon cher Simon.

— Et vous, tiré à quatre épingles », dit Axler, qui, quant à lui, ne s'était pas changé ni rasé depuis plusieurs jours.

« Je vous ai apporté des fleurs. Je vous ai apporté un plateau-repas de chez Dean et DeLuca, le traiteur. Vous avez déjeuné ? »

N'ayant même pas pris son petit déjeuner, il se contenta de hausser les épaules et aida Jerry à enlever son manteau.

« Vous êtes venu de New York, dit-il.

— Oui. Pour voir comment vous allez, et vous parler de vive voix. J'ai des nouvelles pour vous. Le Guthrie monte *Le Long Voyage vers la nuit* de O'Neill. Ils ont téléphoné pour prendre contact avec vous.

— Pourquoi moi ? Je suis incapable de jouer, Jerry, et tout le monde le sait.

— Personne ne pense une chose pareille. Les gens savent peut-être que vous avez subi un contrecoup psychologique, mais cela ne vous exclut pas de la communauté des humains. Ils vont monter la pièce l'hiver prochain. L'hiver, on se gèle à Minneapolis, mais vous seriez un James Tyrone fabuleux.

— James Tyrone, c'est tout un texte qu'il faut dire sur scène, et j'en suis incapable. James Tyrone, c'est un personnage qu'il faut incarner, et je suis incapable d'être lui. Il m'est impossible de jouer James Tyrone. De jouer qui que ce soit.

— Écoutez, vous avez fait un flop à Washington. Ça arrive à pratiquement tout le monde, un jour ou l'autre. Il n'y a pas un seul art qui vous garantisse du risque à cent pour cent. Les gens tombent sur un obstacle pour des raisons dont on ne sait rien. Mais l'obstacle est un empêchement temporaire. L'obstacle disparaît, et vous, vous repartez. Il n'est pas un acteur de premier plan qui n'ait pas été en proie au découragement, qui n'ait pas eu le sentiment que sa carrière était terminée et qu'il ne sortirait jamais de la mauvaise passe qu'il traversait. Il n'est pas un acteur qui n'ait pas craqué au milieu d'un monologue en se demandant ce qu'il faisait là. Mais chaque fois que vous remontez sur scène, c'est une nouvelle chance qui vous est donnée. Les acteurs peuvent recouvrer leur talent. Si vous êtes dans le métier depuis quarante ans, votre savoir-faire, ça ne se perd pas. Vous saurez toujours faire votre entrée en scène et vous asseoir dans un fauteuil. John Gielgud disait qu'il y avait des jours où il aurait voulu être comme un peintre ou un écrivain. Alors il aurait pu rattraper la mauvaise représentation qu'il venait de donner, l'effacer à minuit et la refaire. Mais il ne pouvait pas. C'était sur-le-champ ou rien. Gielgud a traversé une très mauvaise période où il n'arrivait à rien de bon. Même chose pour Laurence Olivier. Olivier a traversé une très mauvaise passe. Il avait un problème épouvantable. Il ne pouvait plus regarder aucun des autres acteurs dans les yeux. Il leur disait : "Je vous en prie, ne me regardez pas, ça va me démonter." À une époque, il ne supportait pas d'être seul sur la scène. Il disait aux autres acteurs : "Ne me laissez pas tout seul sur le plateau."

— Je connais ces histoires, Jerry, on me les a toutes racontées. Elles n'ont rien à voir avec mon cas. Autrefois, je n'avais jamais plus de deux ou trois soirées ratées que je n'arrivais pas à surmonter. Pendant deux ou trois soirs, je me disais : "Je sais que je suis bon, mais ce soir je ne suis pas dans le coup." Peut-être que dans le public, personne ne s'en rendait compte, mais moi je savais, ce… ce n'était pas ça. Et les soirs où ce n'est pas ça, pour l'acteur, c'est l'enfer. Je le sais bien, mais, malgré tout, on s'en tire. On peut devenir très fort pour s'en tirer quand tout ce qu'on a est justement le talent, ce qui permet de s'en tirer. Mais aujourd'hui, c'est tout autre chose. Dans le temps, après une représentation vraiment lamentable, je n'arrivais pas à dormir, je passais la nuit à me dire : "C'est fini, je n'ai plus de talent, c'est terminé." Les heures passaient ; mais tout d'un coup, vers cinq ou six heures du matin, je comprenais ce qui n'avait pas marché, et je n'avais qu'une hâte, c'était de retourner au théâtre le soir même et de me remettre à jouer. Et je me remettais à jouer, sans une fausse note. Un sentiment exaltant. Il y a des jours où vous n'avez qu'une hâte, c'est d'y aller, des jours où le mariage est parfait entre le rôle et vous, et il n'y a pas un moment où vous ne soyez pas heureux d'entrer en scène toutes voiles dehors. Ce sont des jours importants. Et pendant des années, je les ai connus les uns après les autres. Eh bien, c'est terminé. Aujourd'hui, si je devais monter sur scène, je me demanderais ce que je fais là. Je ne saurais pas par où commencer. Jadis, je faisais trois heures de préparation, sur place, pour un lever de rideau à huit heures. À huit heures, j'étais à fond dans mon rôle, c'était comme si j'entrais en transe, une transe productive. Dans *Réunion de famille*, d'Eliot, j'étais au théâtre deux heures et demie avant ma première entrée en scène, à travailler sur la façon d'entrer lorsqu'on est poursuivi par les Érinyes. C'était dur pour moi, mais je l'ai fait.

— Et vous pourrez encore le faire, dit Jerry. Vous oubliez qui vous êtes et ce que vous avez accompli. Votre vie n'a pas été vécue pour rien, loin de là. Sans fin, vous avez fait sur scène des choses complètement inattendues, et au fil des années, ce fut passionnant, des milliers de fois pour le public, et toujours passionnant pour moi. Vous avez rejeté le plus loin possible des évidences dont se serait emparé n'importe quel autre acteur. Vous échappiez toujours à la routine. Vous vouliez tout explorer. Loin, loin, toujours aller aussi loin que possible. Et le public croyait en vous, à tout moment, où que vous le meniez. Rien, il est vrai, n'est jamais acquis pour de bon, mais rien non plus n'est jamais perdu pour de bon. Votre talent s'est égaré, voilà tout.

— Non, il a disparu, Jerry. Je ne peux plus rien faire de tout ça. Ou on est libre, ou on ne l'est pas. Ou on est libre, et c'est authentique, c'est réel, c'est vivant, ou c'est le vide. Je ne suis plus libre.

— D'accord, alors déjeunons. Et mettons les fleurs dans l'eau. La maison a bonne allure. Vous aussi, vous avez bonne allure. Un peu amaigri peut-être, mais malgré tout, c'est bien vous. Vous mangez, j'espère.

— Je mange. »

Mais quand ils s'assirent dans la cuisine pour déjeuner, avec entre eux les fleurs dans un vase, Axler ne put avaler une bouchée. Il se voyait arrivant sur scène pour jouer James Tyrone, et le public éclatait de rire. L'angoisse et la peur étaient aussi crues que ça. Les gens se moqueraient de lui parce que c'était lui.

« Que faites-vous de vos journées ? demanda Jerry.

— Je marche. Je dors. Je baye aux corneilles. J'essaie de lire. J'essaie de m'oublier pendant au moins une minute à chaque heure qui passe.

Je regarde les nouvelles. Je suis au courant de l'actualité.

— Qui voyez-vous ?

— Vous.

— Ce n'est pas une façon de vivre pour quelqu'un de votre envergure.

— C'était très gentil à vous de venir jusqu'ici, Jerry, mais je ne peux pas faire la pièce au Guthrie. Pour moi, c'est fini, tout ça.

— Mais non. Vous avez peur de l'échec. Mais ça, c'est derrière vous. Vous ne voyez pas à quel point votre vision des choses est devenue partiale, monomaniaque.

— Est-ce que c'est moi qui ai écrit les critiques ? Est-ce que c'est ce monomaniaque qui a écrit les critiques ? Est-ce que c'est moi qui ai écrit ce qu'on a dit sur mon Macbeth ? J'étais ridicule, et c'est bien ce qu'on a dit. Je passais mon temps à me dire : "Je suis arrivé à dire cette phrase-là, ouf, cette phrase-là je l'ai dite." J'essayais de me dire : "C'était moins mauvais qu'hier soir", alors qu'en fait c'était pire. Tout ce que je faisais était faux, braillard. J'entendais ce ton affreux dans ma voix, et pourtant rien ne pouvait m'empêcher de me planter. Atroce. Atroce. Je n'ai pas donné une seule bonne représentation, pas une.

— Bon, vous n'avez pas su faire un Macbeth qui vous satisfasse. Eh bien, vous n'êtes pas le premier. Pour un comédien, c'est un personnage abominable à fréquenter. Je défie quiconque de le jouer sans devenir dingue. C'est un meurtrier, c'est un tueur. C'est une pièce où tout est exacerbé. Franchement, je n'ai jamais compris cet univers diabolique. Oubliez *Macbeth*. Oubliez ces critiques. Il est temps de tourner la page. Vous devriez revenir à New York et vous mettre au travail avec Vincent Daniels dans son studio. Vous ne serez pas le premier à qui il aura fait reprendre confiance. Écoutez, vous avez fait tout ce qui est tellement difficile, Shakespeare, les classiques, avec une carrière comme la vôtre, il n'est pas possible qu'une chose pareille vous arrive. C'est une perte de confiance provisoire.

— Ce n'est pas une question de confiance, répondit Axler. J'ai déjà été effleuré par l'idée que je n'avais aucun talent.

— Voyons, c'est ridicule. C'est la dépression qui parle. On entend souvent des comédiens dire ça quand ils ont un passage à vide comme vous : "Je n'ai aucun talent. J'arrive à retenir mon texte et c'est à peu près tout." J'ai entendu ça des milliers de fois.

— Non, écoutez-moi. Quand j'étais parfaitement honnête avec moi-même, je me disais : "Bon, d'accord, j'ai un minimum de talent, ou du moins je sais imiter quelqu'un qui a du talent." Mais ça a été un coup de chance, Jerry, un coup de chance qu'un talent me soit donné, un coup de malchance qu'il me soit repris. La vie, du début jusqu'à la fin, c'est la roue de la fortune.

— Arrêtez, Simon, arrêtez. Vous savez encore tenir votre public aussi bien que les grandes stars de la scène. Vous êtes un géant, pour l'amour du ciel.

— Non, c'est du chiqué, du pur chiqué, et cela m'envahit au point que tout ce dont je suis capable c'est de me présenter sur scène et de dire au public : "Je suis un menteur." Et même ça, je ne le fais pas bien. Je suis un imposteur.

— Ça aussi c'est ridicule. Pensez une seconde à tous les mauvais comédiens, et Dieu sait qu'il y en a, qui passent malgré tout la rampe. Alors venir me dire que Simon Axler, avec son talent, ne passe pas la rampe, c'est absurde. Je vous ai vu dans le temps, certaines fois où vous aviez un passage à vide, où vous étiez par ailleurs terriblement malheureux, mais qu'on vous mette un manuscrit entre les mains, qu'on vous donne accès à ce que vous faites si formidablement, qu'on vous permette de devenir quelqu'un d'autre que vous, et cela avait toujours un effet libérateur. C'est déjà arrivé, et cela peut encore arriver. L'amour de ce que l'on fait bien, cela peut revenir, cela reviendra. Écoutez-moi, Vincent Daniels est un as pour traiter les problèmes comme le vôtre, c'est un professeur tenace, astucieux, qui a de l'intuition, extrêmement intelligent, et c'est lui-même un battant.

— Je le connais de nom, dit Axler à Jerry. Mais je ne l'ai jamais rencontré. Je n'ai jamais eu à faire sa connaissance.

— C'est un non-conformiste, c'est un battant, il vous remettra sur le ring. Il vous redonnera le goût du combat. Il repartira de zéro s'il le faut. Si c'est nécessaire, il vous fera renoncer à tout ce que vous faisiez avant. Ce sera une bataille, mais au bout du compte il vous remettra à votre vraie place. J'ai été dans son studio, j'ai vu Vincent travailler. Il dit : "Concentrez-vous sur l'instant présent. Nous ne nous occupons que de ce seul instant. Jouez l'instant, jouez ce qui vous vient pendant cet instant, puis passez à l'instant suivant. Peu importe où vous irez après. Ne vous en préoccupez pas. Jouez l'instant puis l'instant, l'instant, l'instant, l'instant. Concentrez-vous sur l'instant présent, sans vous soucier du reste, et sans vous demander où vous irez ensuite. Parce que si vous arrivez à faire exister un seul instant, vous pourrez aller où vous voudrez." Je sais bien que ça a l'air de la chose la plus simple du monde, et c'est pour ça que c'est difficile — c'est si simple que tout le monde passe à côté. Je suis convaincu que Vincent Daniels est l'homme qu'il vous faut dans la situation présente. J'ai une confiance absolue dans le fait qu'il peut vous sortir de l'impasse. Voici sa carte. C'est pour vous donner ça que je suis venu vous voir. »

Jerry lui tendit la carte de visite, ce qui fait qu'Axler la prit au moment même où il disait : « Je ne peux pas. »

« Et au lieu de ça, qu'est-ce que vous allez faire ? Qu'est-ce que vous allez faire de tous ces rôles pour lesquels vous êtes mûr ? Ça me navre de penser à tous ces emplois pour lesquels vous étiez fait. Si vous acceptiez le rôle de James Tyrone, vous pourriez travailler avec Vincent et réussir à le jouer grâce à lui. C'est le travail qu'il fait tous les jours avec les comédiens. Je ne compte pas le nombre de fois où, aux remises des Tony Awards ou des oscars, j'ai entendu le gagnant dire : "Je tiens à remercier Vincent Daniels." Oui, c'est lui le meilleur. »

Pour toute réaction, Axler se contenta de secouer la tête.

« Écoutez-moi, dit Jerry, tout le monde a connu ce sentiment, "Je ne vais pas y arriver", tout le monde a eu la crainte de se voir démasqué en tant que faussaire, c'est la terreur de tout comédien. "On m'a percé à jour. J'ai été percé à jour." Reconnaissons-le, avec l'âge vient l'angoisse. Je suis beaucoup plus âgé que vous, et il y a des années que je me bats avec ce problème. Pour commencer, on ralentit. À tout point de vue. Même pour lire, on est plus lent. Aujourd'hui, si je lis vite, trop de choses m'échappent. Je parle plus lentement, ma mémoire est plus lente. Tout cela vous arrive peu à peu. Et pendant ce temps-là, on se met à ne plus avoir confiance en soi. On n'est plus aussi rapide qu'avant. Tout particulièrement si on est acteur. Quand vous étiez un jeune acteur, vous appreniez vos textes à la suite les uns des autres sans même y penser. C'était facile à faire. Et puis tout d'un coup ce n'est plus aussi facile, et les choses n'arrivent plus aussi vite. Retenir son texte est un grand sujet d'anxiété pour les acteurs de théâtre lorsqu'ils deviennent sexagénaires ou septuagénaires. Autrefois, vous pouviez apprendre un texte dans la journée, maintenant vous avez de la chance si, en une journée, vous retenez une page. Alors vous commencez à avoir peur, à vaciller, à sentir que vous n'avez plus en vous la même vitalité à l'état brut. Cela vous affole. Et le résultat, c'est que, comme vous le dites, vous n'êtes plus libre. Rien ne se passe, et c'est terrifiant.

— Jerry, nous ne pouvons pas continuer cette conversation. On pourrait parler toute la journée sans que ça serve à rien. C'était très gentil de venir me voir, de m'apporter de quoi déjeuner et des fleurs, et d'essayer de m'aider, de m'encourager, de me réconforter. C'était extrêmement attentionné de votre part. Je suis content de voir que vous êtes en forme. Mais l'élan vital, c'est l'élan vital. Je suis devenu incapable de jouer. Quelque chose de fondamental a disparu. C'était peut-être inévitable. Les choses s'en vont. Ne vous dites pas que ma carrière a été brisée. Rappelez-vous comme elle a duré longtemps. Quand j'ai commencé, en tant qu'étudiant, c'était juste pour m'amuser. Jouer, ça me donnait l'occasion de rencontrer des filles. Puis j'ai pris mon premier souffle au théâtre. Soudain, sur scène, j'étais vivant, et je respirais comme un acteur. J'ai commencé tôt. J'avais vingt-deux ans et je suis venu à New York pour une audition. J'ai eu le rôle. J'ai commencé à suivre des cours. Des exercices de mémoire sensorielle. Entraînez-vous à rendre les choses réelles. Avant la représentation, créez-vous une réalité que vous allez habiter. Je me rappelle que quand j'ai commencé à suivre les cours, on devait faire comme si on tenait une tasse, et faire semblant d'y boire. Est-elle chaude, est-elle pleine, y a-t-il une soucoupe, allez-vous y mettre du sucre, combien de morceaux ? Puis on sirote, les autres marchaient à fond, mais moi je n'en ai jamais vu l'utilité. Et en plus, je n'y arrivais pas. J'étais nul pour les exercices, vraiment nul. J'avais beau essayer, c'était toujours raté. Ce que je faisais de bien, c'était toujours par instinct, alors que ces exercices, tout ce savoir-faire, cela me donnait l'air emprunté de quelqu'un qui joue. J'étais ridicule, à tenir ma fausse tasse et à faire semblant de boire. Il y avait toujours une voix insidieuse en moi qui me susurrait : “Il n'y a pas de tasse.” Aujourd'hui, cette voix insidieuse s'est emparée de moi. J'ai beau me préparer de mon mieux, une fois que je suis sur le plateau, cette voix me susurre : “Il n'y a pas de tasse.” Jerry, c'est terminé. Je n'arrive plus à rendre une pièce réelle pour les spectateurs. Je n'arrive plus à rendre un rôle réel pour moi. »

Après le départ de Jerry, Axler alla dans son bureau et trouva son exemplaire du *Long Voyage vers la nuit*. Il essaya de le lire, mais l'effort était insurmontable. Il n'alla pas au-delà de la page 4 — il mit la carte de Vincent Daniels comme marque-page. Au Kennedy Center, c'était comme s'il n'avait jamais joué de sa vie, et là, c'était comme s'il n'avait jamais lu une pièce de sa vie… comme s'il n'avait jamais lu cette pièce-ci en particulier. Les phrases se déroulaient sans avoir de sens. Il n'arrivait pas à retenir qui disait quoi. Assis au milieu de ses livres, il essaya de retrouver des pièces dans lesquelles il y a un personnage qui se suicide. Hedda dans *Hedda Gabler*, Julie dans *Mademoiselle Julie*, Phèdre dans *Hippolyte*, Jocaste dans *Œdipe roi*, presque tout le monde dans *Antigone*, Willy Loman dans *Mort d'un commis voyageur*, Joe Keller dans *Ils étaient tous mes fils*, Don Parrit dans *Le marchand de glace est passé*, Simon Stimson dans *Notre petite ville*, Ophélie dans *Hamlet*, Othello dans *Othello*, Cassius et Brutus dans *Jules César*, Goneril dans *Le Roi Lear*, Antoine, Cléopâtre, Enobarbus et Charmian dans *Antoine et Cléopâtre*, le grand-père dans *Éveille-toi et chante !* Ivanov dans *Ivanov*, Konstantin dans *La Mouette*. Et encore cette liste impressionnante n'était-elle que celle des pièces dans lesquelles il avait, à un moment ou à un autre, joué. Il y en avait d'autres, beaucoup d'autres. Ce qui lui paraissait remarquable, c'était de voir la fréquence avec laquelle le suicide intervient au théâtre, comme si c'était une formule essentielle à l'œuvre dramatique, pas tant indispensable à l'action que dictée par les rouages du genre lui-même. Deirdre dans *Deirdre des douleurs*, Hedvig dans *Le Canard sauvage*, Rebekka West dans *Rosmersholm*, Christine et Orin dans *Le deuil sied à*

Électre, Roméo et Juliette, l'*Ajax* de Sophocle. Le suicide est un thème que les auteurs dramatiques considèrent avec crainte et tremblement depuis le cinquième siècle avant Jésus-Christ, captivés par les êtres humains soumis à des émotions telles qu'elles les poussent à cet acte hors du commun. Il fallait qu'il prenne la peine de relire ces pièces. Oui, il fallait regarder en face tout ce qui vous glace le sang. Il ne serait pas dit qu'il n'y avait pas accordé toute son attention.

Jerry avait apporté une enveloppe en papier kraft contenant un peu de courrier qui lui avait été adressé aux bons soins de l'agence Oppenheim. À une époque, une douzaine de lettres de ses admirateurs lui parvenaient de cette façon tous les quinze jours. Aujourd'hui, ces quelques lettres étaient tout ce que Jerry avait reçu pour lui en six mois. Assis dans le living-room, il déchira distraitement les enveloppes pour les ouvrir, lisant les premières lignes de chaque lettre, puis chiffonnant la page, la roulant en boule, avant de la jeter par terre. C'était chaque fois une demande de photo dédicacée — à une exception près, qui le prit au dépourvu et qu'il lut du début jusqu'à la fin.

«Je ne sais pas si vous allez vous souvenir de moi, commençait la lettre. J'étais une des patientes de Hammerton. J'ai dîné plusieurs fois avec vous. Nous suivions les cours d'art-thérapie ensemble. Peut-être que vous ne vous souviendrez pas de moi. Je viens de regarder à la télé un film qui passait en fin de soirée et, à ma grande surprise, je vous y ai vu. Vous interprétiez un criminel endurci. Je n'en revenais pas de vous voir à l'écran, surtout dans un rôle aussi menaçant. Tellement différent de l'homme que j'ai rencontré ! Je me souviens de vous avoir raconté mon histoire. Je vous revois m'écoutant repas après repas. Je n'arrêtais pas de parler. J'étais désespérée. Je pensais que ma vie était finie. Je voulais en finir. Vous ne vous en doutez sans doute pas, mais votre écoute patiente m'a aidée à passer le cap, à l'époque. Non que ç'ait été facile. Ni que ce le soit aujourd'hui. Ni que cela puisse jamais l'être. Le monstre auquel j'étais mariée a causé à ma famille des dégâts irréparables. La catastrophe était pire que ce que j'en savais quand j'ai été hospitalisée. Il se passait depuis longtemps des choses épouvantables sans que je sois au courant de quoi que ce soit. Des choses tragiques, qui touchaient à ma petite fille. Je me rappelle vous avoir demandé si vous accepteriez de le tuer pour moi. Je vous ai dit que je vous paierais. Vigoureux comme vous l'étiez, je pensais que vous y arriveriez. Grâce au ciel, vous ne m'avez pas dit que j'étais folle, mais vous avez continué à écouter ma folie comme si j'avais toute ma raison. Je vous en remercie. Mais une partie de moi n'échappera plus jamais à la folie. Ce n'est pas possible. Ça ne pouvait pas l'être. Ça ne doit pas l'être. Comme une idiote, j'ai fait erreur sur la personne que j'ai condamnée à mort. »

La lettre se poursuivait, un seul paragraphe écrit à la main, occupant tout l'espace de trois grands feuillets, et c'était signé « Sybil Van Buren ». Il se rappelait avoir écouté son histoire : cet effort pour se concentrer et écouter quelqu'un d'autre que lui-même, c'était ce qui ressemblait le plus, depuis bien longtemps, à l'expérience d'entrer dans un rôle, et c'est peut-être même ce qui l'avait aidé à guérir. Oui, il se souvenait d'elle, et de son histoire, et du fait qu'elle lui avait demandé de tuer son mari, comme s'il était véritablement un gangster dans un film plutôt qu'un patient comme les autres dans un hôpital psychiatrique, quelqu'un qui, si vigoureux fût-il, était aussi incapable qu'elle de mettre fin à ses souffrances à l'aide d'un fusil. Au cinéma, les gens passent leur temps à tuer, mais la raison pour laquelle on fait ces films, c'est que 99,9 % des spectateurs sont incapables de passer à l'acte. Et si c'est difficile de tuer quelqu'un, quelqu'un que vous avez toutes les raisons du monde de vouloir détruire, imaginez la difficulté de réussir à se tuer soi-même.

2

La transformation

Les parents de Pegeen étaient des amis de longue date, et la première fois qu'il avait vu Pegeen, c'était à l'hôpital, comme nouveau-né tétant sa mère. Ils s'étaient connus lorsque Axler et les Stapleford, jeunes mariés, lui originaire du Michigan, elle du Kansas, avaient joué ensemble dans une mise en scène du *Baladin du monde occidental* montée dans la crypte d'une église à Greenwich Village. Axler jouait le rôle principal merveilleusement délirant de Christy Mahon, le prétendu parricide, tandis que Carol Stapleford, alors enceinte de deux mois de son premier enfant, tenait le premier rôle féminin : Pegeen Mike Flaherty, fille au caractère bien trempé, qui tient le bar à l'auberge de son père sur la côte ouest du Mayo County. Asa Stapleford jouait Shawn Keogh, le fiancé de Pegeen. Quand la pièce quitta l'affiche, au cocktail qui suivit la dernière, Axler exprima le souhait que, lorsque le bébé des Stapleford naîtrait, il s'appelât Christy si c'était un garçon, et Pegeen Mike si c'était une fille.

Il était peu probable — étant donné, en particulier, que Pegeen Mike Stapleford vivait en lesbienne depuis qu'elle avait vingt-trois ans — qu'Axler et elle deviennent amants quand elle aurait quarante ans et qu'il en aurait soixante-cinq, des amants qui se parleraient au téléphone tous les matins au réveil et qui se feraient une fête de passer ensemble leur temps libre dans sa maison à lui où, à sa plus grande joie, elle s'était approprié deux pièces pour son propre usage, l'une des chambres du premier étage pour ses affaires personnelles, et le petit bureau près du living-room pour son ordinateur portable. Il y avait des cheminées dans toutes les pièces du rez-de-chaussée, même dans la cuisine, et quand Pegeen travaillait dans le bureau, elle y faisait du feu en permanence. Elle vivait à un peu plus d'une heure de là et faisait le trajet sur des routes vallonnées, sinueuses, qui faisaient traverser des terres cultivées jusqu'à ses vingt-cinq hectares de prairie et à la vieille grande ferme blanche aux volets noirs clôturée d'érables anciens et de grands frênes, et de longs murs de pierre irréguliers. Il n'y avait personne d'autre qu'eux deux à des kilomètres à la ronde. Pendant les premiers mois, ils se levaient rarement avant midi. Ils n'arrivaient pas à se quitter.

Pourtant, avant l'arrivée de Pegeen, il était persuadé qu'il était un homme fini : il en avait bel et bien fini avec le métier d'acteur, les femmes, les rapports humains, fini à jamais avec le bonheur. Depuis plus d'un an, il souffrait énormément, ayant du mal à marcher plus de quelques pas, ou à rester longtemps debout ou assis, à cause des douleurs vertébrales qu'il avait supportées pendant toute sa vie d'adulte, mais qui, avec l'âge, se faisaient de plus en plus handicapantes ; aussi était-il persuadé qu'il en avait fini avec tout. Une de ses jambes s'engourdissait par intermittence, si bien qu'en marchant il n'arrivait pas à la lever, et s'il ratait une marche, ou le trottoir, il tombait, s'écorchant les mains ou même atterrissant sur la figure, faisant saigner sa lèvre ou son nez. Quelques mois plus tôt, son meilleur ami et le seul dans la région, un juge âgé de quatre-vingts ans qui avait pris sa retraite quelques années plus tôt, était mort d'un cancer. En conséquence de quoi, même si depuis trente ans Axler avait élu domicile à deux heures de New York, au milieu des arbres et des champs — c'est là qu'il vivait quand il n'était pas en tournée quelque part dans le monde —, il n'avait plus personne avec qui bavarder, prendre un repas, et encore moins partager un lit. Et à nouveau, la tentation du suicide lui venait, aussi fréquemment qu'avant son hospitalisation, il y avait maintenant un an. Tous les matins, quand il se réveillait face à ce vide, il se disait qu'il ne pouvait pas affronter une journée de plus, dépouillé de ses capacités, seul, sans travail, et en proie à une douleur permanente. Une fois de plus, le suicide était son point de mire ; dépossédé de tout, il ne voyait pas d'autre issue.

Par un matin gris et glacial, après une semaine de violents orages, Axler quitta la maison pour l'auvent où il garait sa voiture afin d'aller en ville, à sept kilomètres de chez lui, faire des provisions. Les allées qui entouraient la maison restaient dégagées tous les jours grâce à un fermier qui lui déblayait la neige, mais il marchait malgré tout avec précaution. Il portait des snow-boots à semelles antidérapantes, il avait une canne et faisait des petits pas pour éviter de glisser et de tomber. Sous ses couches de vêtements, par sécurité, son dos était enveloppé dans un corset de maintien rigide. Quand il sortit de la maison pour se diriger vers l'auvent, il aperçut un petit animal blanchâtre à longue queue qui se tenait dans la neige entre l'auvent et la grange. Il crut d'abord que c'était un très gros rat, puis il se rendit compte, à cause de la forme et de la couleur de la queue lisse, et à cause du museau, que c'était un opossum d'environ vingt-cinq centimètres. Les opossums sont généralement des animaux nocturnes, mais celui-ci, dont la fourrure était pelée et décolorée, s'exposait en plein jour sur le sol couvert de neige. À l'approche d'Axler, il s'éloigna en flageolant vers la grange et disparut dans un monticule de neige adossé au mur porteur de la grange. Axler suivit l'animal, qui était probablement malade et proche de sa fin, et quand il arriva devant le monticule, il vit qu'il y avait une entrée dégagée. En s'appuyant sur sa canne avec ses deux mains, il s'agenouilla dans la neige pour essayer de regarder à l'intérieur. L'opossum s'était retiré trop loin vers le fond pour qu'il le voie, mais, éparpillés à l'avant de l'espèce de tanière, il y avait des petits bouts de bois. Il les compta. Six petits bouts de bois. C'est comme ça qu'on s'y prend, se dit Axler. Moi j'ai de l'excédent. Il suffit de six.

Le lendemain matin pendant qu'il faisait son café, il vit l'opossum par la fenêtre de la cuisine. L'animal se tenait debout sur ses pattes de derrière près de la grange, il mangeait de la neige d'une congère, enfonçant des morceaux dans sa bouche avec ses pattes de devant. En hâte, Axler mit ses boots et son manteau, attrapa sa canne, sortit par la porte de devant, et alla jusqu'au sentier dégagé sur le côté de la maison, face à la grange. À six mètres environ, il interpella l'opossum à pleine voix : « Ça te plairait, de jouer James Tyrone ? Au Guthrie. » L'opossum continuait à gober sa neige. «Tu ferais un merveilleux James Tyrone ! »

À partir de ce jour-là, c'en fut terminé de cette petite caricature de lui-même offerte par la nature. Il ne revit jamais l'opossum — soit il disparut, soit il mourut — mais la tanière de neige avec les six petits bouts de bois resta intacte jusqu'au dégel.

Et puis Pegeen passa le voir. Elle téléphona de la petite maison qu'elle avait louée à quelques kilomètres de Prescott, une petite université libérale de filles, dans l'ouest du Vermont, où elle avait depuis peu un poste d'enseignante. Axler habitait à une heure à l'ouest, de l'autre côté de la frontière, dans la partie rurale de l'État de New York. Cela faisait bien vingt ans qu'il l'avait vue pour la dernière fois, à l'époque où, toute jeune étudiante pleine d'entrain, elle voyageait pendant les vacances avec son père et sa mère. Quand ils passaient près de chez lui, ils s'arrêtaient une heure ou deux pour lui dire bonjour. C'est ainsi qu'ils se retrouvaient périodiquement tous les deux ou trois ans. Asa dirigeait un théâtre régional à Lansing, dans le Michigan, la ville où il était né et avait grandi. Carol jouait dans la troupe permanente et donnait des cours de théâtre à l'université de l'État. Il avait revu Pegeen une autre fois avant cela, lorsqu'elle était une petite fille de dix ans souriante, timide, mignonne. Elle avait escaladé ses arbres, fait de rapides longueurs dans sa piscine, garçon manqué maigrichonne et athlétique qui riait à perdre haleine des plaisanteries de son père. Avant cela, il l'avait vue téter sa mère à la maternité de l'hôpital Saint-Vincent à Greenwich Village.

Maintenant il voyait une femme souple, épanouie, de quarante ans, qui gardait malgré tout quelque chose de l'enfant dans son sourire — un sourire où la lèvre supérieure découvrait automatiquement ses dents de devant proéminentes — et qui avait encore beaucoup du garçon manqué dans sa démarche chaloupée. Elle était habillée pour la campagne, avec des chaussures de marche fatiguées et une veste rouge à fermeture Éclair ; ses cheveux, qu'il se rappelait à tort blonds comme ceux de sa mère, étaient châtain foncé et coupés court, si court que sur la nuque on les aurait crus rasés à la tondeuse. Elle avait l'air invulnérable d'une personne heureuse, et même si son prototype était la garçonne délurée, sa voix avait des modulations pleines de charme, comme si elle imitait la diction d'actrice de sa mère.

Comme il finirait par l'apprendre, depuis un certain temps elle n'avait pas ce qu'elle voulait mais son renversement grotesque. Elle avait passé les deux dernières années d'une liaison de six ans à vivre à deux mais dans une solitude douloureuse à Bozeman, dans le Montana. « Les quatre premières années, lui raconta-t-elle un soir, après qu'ils furent devenus amants, Priscilla et moi, nous avions ces relations d'intimité merveilleuses. On allait tout le temps faire des randonnées et camper, même quand il neigeait. L'été, on allait dans des endroits comme l'Alaska, et on y faisait du camping. C'était formidable. On est allées en Nouvelle-Zélande, en Malaisie. Il y avait quelque chose d'un peu enfantin dans notre façon de parcourir le monde ensemble en partant à l'aventure, et j'adorais ça. On était comme deux fugitives. Et puis, aux alentours de la cinquième année, elle s'est mise à s'éloigner peu à peu en se laissant absorber par l'ordinateur, et moi je n'avais personne à qui parler à part les chats. Jusque-là, on avait tout fait côte à côte. On passait des heures allongées à lire — chacune son livre, et on se lisait des passages tout haut. Pendant vraiment longtemps, le lien fut très fort. Priscilla ne disait jamais aux gens : "J'ai aimé ce livre", mais : "Nous avons aimé ce livre", ou, à propos d'un endroit, "Nous aimions beaucoup y aller", ou, à propos de nos projets : "Voilà ce que nous allons faire cet été." Nous. Nous. Nous. Et puis tout d'un coup, plus de "nous", nous, c'était fini. Nous, c'était elle et son ordinateur. Nous, c'était elle et ce secret purulent qui effaçait tout le reste : sa décision de mutiler ce corps que j'aimais. »

À Bozeman, elles enseignaient toutes les deux à l'université et pendant les deux dernières années où elles vécurent en couple, quand Priscilla rentrait de son travail, elle s'installait devant son ordinateur jusqu'au moment d'aller se coucher. Elle passait ses week-ends devant son ordinateur. Plus de conversations, plus de relations au lit. Même les randonnées et le camping, Pegeen devait les faire seule ou avec d'autres personnes que Priscilla, celles qu'elle avait trouvées pour lui tenir compagnie. Et puis un jour, six ans après qu'elles se furent rencontrées dans le Montana, qu'elles eurent mis leurs ressources en commun et se furent mises en ménage, Priscilla annonça qu'elle avait commencé un traitement de piqûres d'hormones pour développer son système pileux et abaisser le timbre de sa voix. Son projet était de se faire faire l'ablation des seins et de devenir un homme. Priscilla admit que, sans en parler, il y avait longtemps qu'elle caressait cette idée, et que Pegeen aurait beau la supplier, elle n'y renoncerait plus. Dès le lendemain matin, Pegeen déménagea de la maison dont elles étaient copropriétaires, emmenant avec elle un des deux chats — «pas idéal pour les chats, reconnut Pegeen, mais ce n'était pas ça le pire» — et elle s'installa dans un motel des environs. Pegeen avait le plus grand mal à se dominer pour aller faire ses cours. Même si la vie avec Priscilla était devenue douloureusement solitaire, ce n'était rien à côté de la blessure de la trahison, de la nature même de la trahison. Elle pleurait tout le temps et s'était mise à écrire des lettres de candidature à des universités situées à des centaines de kilomètres du Montana. Elle était allée à un congrès où l'on interviewait les candidats pour enseigner en sciences de l'environnement. Elle avait trouvé un poste sur la côte Est après avoir couché avec la directrice du département, qui avait eu le coup de foudre pour elle et qui l'avait par la suite engagée. Cette femme était encore la protectrice dévouée et la chérie de Pegeen lorsque Pegeen alla rendre visite à Axler et décida qu'après avoir été lesbienne pendant dix-sept ans elle voulait un homme — cet homme-là, cet acteur de vingt-cinq ans son aîné et l'ami de sa famille depuis des dizaines d'années. Si Priscilla pouvait devenir un homme hétéro, Pegeen pouvait bien devenir une femme hétéro.

Ce premier après-midi, Axler trébucha et tomba de tout son long sur la grande marche de pierre en conduisant Pegeen vers la maison, et il se fit une entaille dans le gras de la main, celle avec laquelle il avait amorti la chute. « Où est ta boîte à pharmacie ? » demanda-t-elle. Il le lui dit, elle entra pour aller la chercher, revint, nettoya la plaie avec du coton hydrophile et de l'eau oxygénée et fit un pansement avec deux sparadraps. Elle lui apporta aussi un verre d'eau. Il y avait longtemps que personne ne lui avait apporté un verre d'eau.

Il l'invita à rester dîner. C'est finalement elle qui prépara le repas. Il y avait longtemps que personne ne lui avait fait à dîner. Elle finit une bouteille de bière pendant qu'il restait assis à la table de la cuisine et la regardait faire. Il y avait dans le réfrigérateur un morceau de parmesan, il y avait des œufs, il y avait du bacon, il y avait un demi-pot de crème, et, avec une livre de pâtes, elle leur fit des spaghettis carbonara. Tout en la regardant s'affairer, aussi naturellement que si elle était chez elle, il la revoyait bébé en train de téter sa mère. Elle était une présence vibrante, équilibrée, débordant de santé et d'énergie. Très vite, il perdit le sentiment qu'il était seul sur terre, dépouillé de son talent. Il était heureux : sentiment inattendu. D'habitude, c'était à l'heure du dîner qu'il était le plus déprimé. Pendant qu'elle faisait la cuisine, il alla dans le living-room et mit un disque de Schubert joué par Brendel. Il ne se souvenait pas de la dernière fois où il avait pris la peine d'écouter de la musique, alors que dans les jours heureux de son mariage, ils en mettaient tout le temps.

« Qu'est devenue ta femme ? demanda-t-elle quand ils eurent mangé les spaghettis et partagé une bouteille de vin.

— Peu importe. Ça n'a pas d'intérêt d'en parler.

— Il y a combien de temps que tu es là sans personne ?

— Assez de temps pour me sentir plus seul que je n'aurais jamais cru l'être. Parfois c'est stupéfiant de se retrouver là mois après mois, saison après saison, et de se dire que tout se passe sans vous. Exactement comme quand on sera mort.

— Où en es-tu dans ton métier ? demanda-t-elle.

— J'ai arrêté de jouer.

— Ce n'est pas possible, dit-elle. Qu'est-ce qui s'est passé ?

— Ça n'a pas non plus d'intérêt d'en parler.

— Tu as pris ta retraite, ou il est arrivé quelque chose ? »

Il se leva, fit le tour de la table, et elle se leva, et il l'embrassa.

Elle sourit de surprise. Riant, elle déclara : « Je suis une anomalie sexuelle. Je couche avec des femmes.

— Figure-toi que j'avais compris.»

Là-dessus, il l'embrassa à nouveau.

«Alors qu'est-ce que tu fais?» demanda-t-elle.

Il haussa les épaules. «Je ne saurais pas trop dire. Tu n'as jamais été avec un homme? lui demanda-t-il.

— Quand j'étais étudiante.

— Et en ce moment, tu es avec une femme?

— Plus ou moins, répondit-elle. Et toi?

— Non.»

Il sentait la force de ses bras musclés, il palpa ses seins lourds, il entoura de ses mains ses fesses bien fermes et l'attira contre lui, si bien qu'ils s'embrassèrent une fois encore. Puis il la mena jusqu'au canapé dans le living-room où, rougissant furieusement sous son regard, elle défit son jeans et elle alla avec un homme pour la première fois depuis ses années d'étudiante. Lui allait avec une lesbienne pour la première fois de sa vie.

Des mois plus tard, il lui disait : «Comment se fait-il que tu sois venue me voir cet après-midi-là? — Je voulais voir s'il y avait quelqu'un avec toi. — Et quand tu as vu? — Je me suis dit : Pourquoi pas moi? —Tu calcules comme ça tout le temps? — Ce n'est pas du calcul. C'est rechercher ce qu'on veut. Et, ajouta-t-elle, cesser de rechercher ce dont on ne veut plus.»

La directrice du département qui l'avait recrutée et fait venir à Prescott fut furieuse lorsque Pegeen lui annonça que leur liaison, c'était terminé. Elle avait huit ans de plus que Pegeen, gagnait deux fois plus d'argent qu'elle, et occupait un poste administratif important depuis plus de dix ans. Elle refusa de le croire ou de l'accepter. Tous les matins à la première heure, elle téléphonait à Pegeen pour la harceler de reproches, et l'appelait plusieurs fois au cours de la nuit pour s'emporter, l'insulter et exiger des explications. Une fois, elle téléphona d'un cimetière des environs qu'elle arpentait avec fureur, annonça-t-elle, à cause de la façon dont Pegeen l'avait traitée. Elle accusait Pegeen de l'avoir exploitée pour obtenir le poste, et de l'avoir laissée tomber, par opportunisme, à peine quelques semaines plus tard. Quand Pegeen allait à la piscine, deux fois par semaine, en fin d'après-midi, pour s'entraîner avec l'équipe de natation, la directrice venait justement nager à cette heure-là et s'arrangeait pour avoir le vestiaire à côté de celui de Pegeen. La directrice lui téléphonait pour l'inviter à aller au cinéma, à une conférence, à un concert suivi d'un dîner. Elle l'appelait tous les deux jours pour lui dire qu'elle voulait la voir au prochain week-end. Pegeen avait déjà bien expliqué qu'elle n'était pas libre pendant les week-ends, et qu'elle ne voulait pas qu'elles continuent à se voir. La directrice suppliait, elle criait, quelquefois elle pleurait. Elle ne pouvait pas vivre sans Pegeen. Cette femme de quarante-huit ans, forte, compétente, dynamique, qui avait réussi dans sa profession, dont on prédisait qu'elle serait la prochaine présidente de Prescott, comme il en fallait peu pour la désarçonner !

Un dimanche après-midi elle appela chez Axler et demanda à parler à Pegeen Stapleford. Axler posa le téléphone et alla dans le living-room dire à Pegeen que l'appel était pour elle. « Qui est-ce ? » lui demanda-t-il. Sans hésitation elle répondit : « Louise, forcément. Qui d'autre ? Comment sait-elle où je suis ? Comment a-t-elle eu ton numéro ? » Il retourna au téléphone et dit : « Il n'y a pas de Pegeen Stapleford ici. — Merci », dit la personne qui avait appelé, et elle raccrocha. La semaine suivante, Pegeen tomba sur Louise en plein campus. Louise lui annonça qu'elle partait pour dix jours, et qu'à son retour elle comptait sur Pegeen pour « faire quelque chose pour elle », le dîner par exemple. À la suite de cela, Pegeen prit peur, premièrement parce que Louise ne la lâchait pas, même après qu'elle lui eut expliqué qu'entre elles c'était fini, et deuxièmement à cause de la menace que représentait la colère de Louise. « Qu'est-ce qui est menacé ? demanda Axler.

— Ce qui est menacé ? Mon poste. Si elle décide d'aller jusqu'au bout, elle peut me faire énormément de tort.

— Écoute, tu m'as, maintenant, non ? dit-il.

— Ce qui signifie ?

— Que tu peux compter sur moi. Je suis là. »

Il était là. Elle était là. Les perspectives de l'un et de l'autre avaient radicalement changé.

Le premier vêtement qu'il lui acheta fut une veste en cuir courte et cintrée en peau de mouton retournée qu'il avait vue en devanture dans une boutique du village chic qui se trouvait, à travers bois, à une quinzaine de kilomètres de chez lui. Il y alla et acheta ce qu'il devina, sans se tromper, être sa taille. La veste coûtait mille dollars. Elle n'avait jamais eu un vêtement aussi cher de sa vie, ni rien qui lui allât aussi bien. Il lui dit que c'était pour son anniversaire, sans se soucier de la date. Pendant les quelques jours qui suivirent, elle la garda sur le dos. Puis ils allèrent à New York, en principe pour aller au restaurant, au cinéma et pour faire ensemble une petite virée de week-end. Il en profita pour lui acheter d'autres vêtements. À la fin du week-end, il y en avait pour plus de cinq mille dollars en jupes, chemisiers, ceintures, vestes, chaussures et chandails, des tenues dans lesquelles elle avait une tout autre allure que dans les vêtements qu'elle avait amenés avec elle du Montana. Quand elle s'était présentée chez lui pour la première fois, presque tout ce qu'elle portait aurait pu faire partie de la garde-robe d'un garçon de seize ans. Ce n'est que tout récemment qu'elle avait renoncé à *marcher* comme un garçon de seize ans. Dans les magasins de New York, quand elle essayait quelque chose dans une cabine, elle sortait le retrouver, là où il l'attendait, pour lui montrer à quoi cela ressemblait sur elle et lui demander son avis. Au début, la timidité la paralysait. Mais au bout de quelques heures seulement, elle accepta la situation, et lorsqu'elle émergeait de la cabine, c'était avec des mines coquettes et en souriant de plaisir.

Il lui acheta des colliers, des bracelets et des boucles d'oreilles. Il lui acheta de la lingerie de luxe pour remplacer les soutiens-gorge de sport et les culottes de coton gris. Il lui acheta des nuisettes en satin pour remplacer ses pyjamas de flanelle. Il lui acheta des bottes à mi-mollet, une paire de marron et une paire de noires. Le seul manteau qu'elle possédât, elle en avait hérité de la mère de Priscilla à la mort de celle-ci. Il était beaucoup trop grand pour elle, et avait l'air d'un sac. Alors, au cours des quelques mois qui suivirent, il lui acheta de nouveaux manteaux seyants, cinq en tout. Il aurait pu lui en acheter cent. Il ne pouvait pas s'arrêter. Avec la vie qu'il menait, il ne dépensait presque rien pour lui, et rien ne le rendait plus heureux que de la voir prendre une allure qu'elle n'avait jamais eue auparavant. Et avec le temps, rien ne semblait la rendre plus heureuse. C'était une débauche d'argent dépensé pour elle qui leur convenait très bien à tous les deux.

Seulement, elle ne voulait toujours pas que ses parents soient au courant de cette liaison. Cela leur ferait trop de peine. Lui se disait : Plus de peine que quand tu leur as appris que tu étais lesbienne? Elle lui avait expliqué ce qui s'était passé ce jour-là, quand elle avait vingt-trois ans.

Sa mère avait pleuré et avait dit : « Je ne peux rien imaginer de pire » ; et son père avait fait semblant d'accepter mais n'avait plus souri pendant des mois. La famille resta longtemps traumatisée par la révélation de Pegeen sur ses choix. « Et pourquoi est-ce que leur parler de moi leur ferait une telle peine ? lui demanda-t-il.

— Parce qu'ils te connaissent depuis si longtemps. Parce que vous avez tous les trois le même âge.

— Comme tu voudras », dit-il. Mais il n'arrêtait pas de s'interroger sur ses motifs. Peut-être qu'elle agissait ainsi à cause de l'habitude qu'elle avait de maintenir sa vie dans des compartiments distincts, sa vie sexuelle strictement séparée de sa vie de fille de ses parents ; peut-être qu'elle ne voulait pas que son comportement sexuel soit contaminé ou domestiqué par des préoccupations filiales. Peut-être qu'elle était quelque peu gênée de coucher avec un homme après avoir couché avec des femmes, et qu'elle ne savait pas trop si ce changement serait permanent. Mais quel que fût le motif qui la poussait, il avait le sentiment d'avoir commis une erreur en lui permettant de ne pas révéler leur liaison à sa famille. Il était trop vieux pour ne pas trouver humiliant de devoir être mis sous le boisseau. Il ne voyait pas non plus pourquoi une femme de quarante ans devrait tellement s'inquiéter de ce que pouvaient penser ses parents, surtout une femme de quarante ans qui avait fait toutes sortes de choses que ses parents désapprouvaient, et qui avait surmonté leur opposition. Il n'aimait pas qu'elle se présente comme quelqu'un de plus jeune que son âge, mais il n'en fit pas une histoire, pas pour l'instant, et donc sa famille continua à penser qu'elle menait toujours la même vie qu'avant. Pourtant, avec les mois qui passaient, il la voyait se dépouiller, lentement mais naturellement, des derniers signes de ce qu'elle appelait maintenant «mes dix-sept ans d'erreur».

Pourtant, un matin au petit déjeuner, autant à sa surprise à lui qu'à sa surprise à elle, Axler dit : «Es-tu sûre que c'est ce que tu veux, Pegeen? Même si ça nous a plu d'être ensemble jusqu'ici, et que la nouveauté a été forte, le sentiment a été fort, le plaisir a été fort, je me demande si tu sais bien ce que tu fais.

— Oui, je le sais. J'aime ça, dit-elle, et je ne veux pas que ça s'arrête.

— Mais tu sais de quoi je veux parler?

— Oui. Les questions d'âge. Les questions de passé sexuel. Ta vieille relation avec mes parents. Et sans doute encore vingt autres choses. Aucune d'entre elles ne me dérange. Toi, elles te dérangent?

— Est-ce que ce ne serait pas une bonne idée, répondit-il, avant d'avoir le cœur brisé, de faire machine arrière?

— Tu n'es pas heureux? demanda-t-elle.

— J'ai eu une vie très fragile, toutes ces dernières années. Je n'ai pas la force qu'il me faudrait pour supporter de voir mes espoirs détruits. J'ai eu mon compte de déboires conjugaux, et, avant cela, de ruptures avec des femmes. C'est toujours douloureux, c'est toujours dur, et je ne veux pas aller au-devant de ce genre de choses au stade où j'en suis de ma vie.

— Simon, on nous a tous les deux laissés tomber, dit-elle. Tu étais au fin fond d'une dépression, et ta femme a craqué et t'a laissé te débattre tout seul. Moi j'ai été trahie par Priscilla. Ce n'est pas seulement qu'elle m'a quittée, elle a quitté ce corps que j'avais aimé pour devenir un moustachu du nom de Jack. Si nous échouons, que ce soit à cause de nous, pas à cause d'elles, pas à cause de ton passé ou du mien. Je ne veux pas t'encourager à prendre un risque, et je sais que c'est un risque. Pour tous les deux, je te signale. Moi aussi, je sens ce risque. Ce n'est pas du même ordre que le tien, bien sûr. Mais la pire des issues, ce serait que tu t'éloignes de moi. Je ne supporterais pas de te perdre, maintenant. Je te perdrai s'il le faut, mais quant au risque… le risque est déjà pris. Nous l'avons pris, c'est fait. Il est trop tard pour nous protéger en nous retirant.

— Tu veux dire que tu ne veux pas reprendre tes billes avant qu'il soit trop tard ?

— Absolument. C'est toi que je veux, vois-tu. Je compte maintenant sur le fait que je t'ai. Ne t'éloigne pas de moi. J'aime ça et je ne veux pas que ça s'arrête. Je n'ai rien de plus à dire. Tout ce que j'ai à dire, c'est que je veux tenter l'aventure, si tu en es d'accord. Ce n'est plus une simple passade.

— Nous avons pris le risque, dit-il en écho à ce qu'elle avait dit.

— Nous avons pris le risque », répondit-elle.

Cinq mots qui voulaient dire que pour elle, ce serait le pire moment pour qu'il la laisse tomber. Elle dira tout ce qu'il faut dire, pensa-t-il, même si le dialogue tourne au roman-photo, pour que ça continue, parce qu'elle souffre encore, au bout de tous ces mois, du choc de l'affaire Priscilla et des ultimatums de Louise. Ce n'est pas de la tromperie de sa part de tenir ce discours… c'est la façon dont nous adoptons, d'instinct, une stratégie. Mais un jour viendra, pensa Axler, où les circonstances la placeront en position de force pour mettre un terme à la situation, alors que je me retrouverai en position de faiblesse pour n'avoir pas eu la fermeté de rompre maintenant. Et quand elle sera forte et que je serai faible, le coup qui me sera porté sera insoutenable.

Il était persuadé qu'il voyait clair dans leur avenir, et pourtant il ne pouvait rien faire pour changer les perspectives. Il était trop heureux pour opérer le moindre changement.

Au cours des mois, elle avait laissé pousser ses cheveux jusqu'aux épaules, des cheveux bruns, épais, au lustre naturel, et pour lesquels elle se mit à envisager de se faire faire une coupe différente de la coupe courte, masculine, qui avait été la sienne pendant toute sa vie d'adulte. Un week-end elle arriva avec un ou deux magazines pleins de photos de coiffures de styles différents, des magazines comme il n'en avait jamais vus jusque-là. « Où as-tu eu ça ? demanda-t-il.

— Une de mes étudiantes », dit-elle. Ils étaient assis côte à côte sur le canapé, elle tournait les pages en les cornant quand il y avait une photo de coiffure qui pourrait lui aller. Finalement, ils en choisirent deux qui avaient leur préférence, elle arracha les pages en question et il téléphona à une de ses amies comédiennes, à New York, pour lui demander où Pegeen pourrait aller se faire couper les cheveux… la même amie qui lui avait dit où emmener Pegeen pour choisir des vêtements et pour lui acheter des bijoux. « J'aimerais bien avoir un généreux protecteur », avait dit l'amie. Mais il ne l'avait pas compris en ce sens. Tout ce qu'il faisait, c'était d'aider Pegeen à être une femme qui puisse lui plaire plutôt qu'une femme qui puisse plaire à une autre femme. Ils se consacraient tous les deux à cette entreprise.

Il l'emmena chez un coiffeur chic de l'Upper East Side. Une jeune Japonaise coupa les cheveux de Pegeen après avoir regardé les deux photos qu'ils avaient amenées. Il n'avait jamais vu Pegeen aussi désarmée que devant le miroir après qu'on lui eut lavé les cheveux. Il ne l'avait jamais vue l'air aussi fragile, et sachant aussi peu comment se comporter. La voir ainsi silencieuse, interdite, assise là, au bord de l'humiliation, incapable ne serait-ce que de se regarder dans le miroir, donnait à cette séance chez le coiffeur une signification tout autre, réveillant les doutes d'Axler, le poussant à se demander, comme il l'avait fait plus d'une fois, s'il n'était pas aveuglé par une incroyable illusion désespérée. Qu'est-ce qui peut attirer une femme comme elle chez un homme qui est un tel perdant ? Ne lui demandait-il pas de faire semblant d'être quelqu'un d'autre que ce qu'elle était ? Est-ce qu'il ne la costumait pas comme si une robe de prix pouvait venir à bout de vingt ans d'expérience vécue ? Est-ce qu'il ne la déformait pas en se racontant un mensonge... un mensonge qui, au bout du compte, pourrait se révéler moins inoffensif qu'il n'y paraissait de prime abord. Et si la suite venait prouver qu'il n'était qu'un bref intermède masculin dans une vie de lesbienne ?

Mais là-dessus, les cheveux bruns, épais, brillants de Pegeen furent coupés — coupés plus bas que la nuque de façon irrégulière, de façon à former un dégradé entre les différentes épaisseurs de cheveux, ce qui lui donnait, avec un naturel calculé, un air un peu décoiffé. Et elle était tellement transformée que toutes ces questions sans réponse cessèrent de troubler Axler, elles ne méritaient même pas qu'on s'y attarde. Pegeen mit un peu plus longtemps que lui à se laisser convaincre qu'ils avaient fait le bon choix, mais au bout de quelques jours seulement, elle sembla accepter de bon cœur sa nouvelle coupe avec tout ce qu'elle signifiait : désormais ce serait à lui de la modeler, de décider de son style et de la mener sur la voie de sa vraie vie. Peut-être à cause de l'image si flatteuse qu'il avait d'elle, elle continua sans protester à se soumettre à ses soins diligents, si éloignés qu'ils pussent paraître de l'identité qu'elle avait cultivée toute sa vie. Si toutefois c'était bien sa volonté à elle qui se soumettait — si ce n'était pas par hasard elle qui s'était entièrement emparée de lui, qui l'avait accosté et s'était emparée de lui.

Un vendredi, en fin d'après-midi, Pegeen arriva chez lui dans tous ses états : à Lansing, sa famille avait reçu à minuit un appel téléphonique de Louise, pour leur raconter comment elle avait été cyniquement exploitée et trompée par leur fille.

« Quoi d'autre ? » dit-il.

Sa question mit Pegeen au bord des larmes. « Elle leur a parlé de toi. Elle a dit que je vivais avec toi.

— Et qu'est-ce qu'ils en ont dit ?

— C'est ma mère qui a répondu. Lui dormait.

— Et comment l'a-t-elle pris ?

— Elle m'a demandé si c'était vrai. Je lui ai dit que je ne vivais pas avec toi. Je lui ai dit que nous étions devenus des amis proches.

— Et qu'a dit ton père ?

— Il n'est pas venu me parler au téléphone.

— Pourquoi ?

— Je n'en sais rien. Quelle garce ! Elle ne pourrait pas arrêter ! s'écria-t-elle en pleurant. Quelle sale garce, obsessionnelle, possessive, jalouse, rancunière !

— Ça te dérange vraiment beaucoup, qu'elle ait parlé à tes parents ?

— Toi, ça ne te dérange pas ? lui demanda Pegeen.

— Seulement dans la mesure où ça te dérange. À part ça, pas du tout. Je trouve que c'est tant mieux.

— Qu'est-ce que je vais dire à mon père quand je vais lui parler ? demanda-t-elle.

— Pegeen Mike… dis-lui ce que tu voudras.

— Suppose qu'il décide de ne pas m'adresser la parole.

— Ça m'étonnerait beaucoup.

— Suppose qu'il veuille te parler.

— Dans ce cas-là, lui et moi on parlera, dit Axler.

— Tu crois qu'il est très en colère ?

— Ton père est un homme raisonnable et plein de bon sens. Pourquoi serait-il en colère ?

— Cette garce. Elle est complètement dingue. Elle est déchaînée.

— Oui, dit-il, penser à toi la torture. Mais toi, tu gardes ton sang-froid, moi aussi, et ton père et ta mère aussi.

— Alors pourquoi est-ce que mon père ne m'a pas parlé ?

— Si ça t'inquiète tant que ça, appelle-le. Peut-être que tu aimerais que je lui parle.

— Non, je le ferai. Je le ferai moi-même. »

Elle attendit la fin du repas avant de téléphoner à Lansing, et elle le fit de son bureau, derrière la porte fermée. Au bout d'un quart d'heure, elle sortit avec le téléphone dans les mains, et le tendit à Axler.

Axler prit l'appareil. « Asa ? Bonsoir.

— Salut. Il paraît que tu as séduit ma fille.

— Nous avons une liaison, c'est la vérité.

— Je ne peux pas te dire que ça ne me sidère pas.

— Tu sais, dit Axler en riant, je suis tout aussi sidéré moi-même.

— Quand elle m'a dit qu'elle allait te rendre visite, il ne m'est pas venu à l'idée que ça allait tourner comme ça, dit Asa.

— Bon, je suis content que tu le prennes bien », répondit Axler.

Il y eut un silence avant qu'Asa ne réponde : « Pegeen est libre de ses mouvements. Il y a longtemps que ce n'est plus une enfant. Écoute, Carol veut te dire bonjour », dit Asa, et il passa le téléphone à sa femme.

« Ça alors, dit Carol, qui aurait pu imaginer une chose pareille quand nous étions tous des gamins à New York ?

— Personne, répondit Axler. Je ne l'aurais pas imaginé le jour où elle a débarqué ici.

— Est-ce que ma fille a raison de faire ce qu'elle fait ? demanda Carol.

— Je crois que oui.

— Quels sont tes projets ? demanda Carol.

— Je n'ai pas de projets.

— Pegeen nous a toujours étonnés.

— Elle m'a étonné moi aussi, dit Axler. Je crois qu'elle est la première étonnée.

— En tout cas, elle a étonné son amie Louise. »

Il ne prit pas la peine de lui répondre que Louise était elle-même un phénomène assez étonnant. À l'évidence, l'intention de Carol était de se montrer affable et sympathique, mais au son métallique de sa voix, il était sûr que ce coup de téléphone était pour elle une épreuve et qu'Asa et elle se contentaient de faire ce qui leur paraissait être bien. C'était leur style, de faire la chose raisonnable qui irait dans le sens du bonheur de Pegeen. Ils ne voulaient pas l'éloigner d'eux comme ils l'avaient fait lorsque, à vingt-trois ans, elle leur avait annoncé qu'elle était lesbienne.

En fait, Carol arriva du Michigan par avion le samedi suivant pour retrouver Pegeen à New York et déjeuner avec elle. Pegeen prit la voiture ce matin-là pour aller à New York et rentra le soir même vers huit heures. Axler leur avait préparé à dîner, et c'est seulement quand le repas fut terminé qu'il lui demanda comment cela s'était passé.

« Alors, qu'est-ce qu'elle a dit ? demanda Axler.

— Tu veux que je te parle en toute franchise ? répondit Pegeen.

— S'il te plaît.

— D'accord. Je vais essayer de tout me rappeler aussi précisément que possible. Je dirais que j'ai été cuisinée en douceur. Elle n'a à aucun moment fait preuve de vulgarité ni d'égoïsme. Maman avec sa nature candide de native du Kansas.

— Vas-y.

— Tu veux tout savoir ?

— Oui.

— Eh bien pour commencer, au restaurant, elle est passée en coup de vent à côté de ma table — elle ne m'a pas reconnue. J'ai dit : "Maman", alors elle s'est retournée, et elle a dit : "Ma parole, mais c'est ma fille ! Comme tu es jolie !" Et j'ai dit : "Jolie ? Avant, tu ne me trouvais pas jolie ?" Elle a dit : "Une nouvelle coiffure, des vêtements comme je ne t'ai jamais vue en porter." J'ai dit : "Plus féminine, tu veux dire." — Absolument, a-t-elle dit. Ça te va très bien, mon chou. Depuis quand est-ce que ça dure ?" Je lui ai répondu, et elle a dit : "Ta coiffure est ravissante. Ça a dû coûter assez cher." Je lui ai dit : "Je tente quelque chose de nouveau." Elle a dit : "Effectivement, c'est quelque chose de nouveau à plus d'un titre. Je suis venue parce que je veux être sûre que tu as bien réfléchi à toutes les conséquences possibles de ta liaison." Je lui ai dit que je n'étais pas sûre qu'on réfléchissait toujours aux conséquences d'une aventure sentimentale. Je lui ai dit que pour le moment ça me rendait très heureuse. Alors elle a dit : "Nous avons appris qu'il avait fait un séjour dans un hôpital psychiatrique. Certains disent qu'il y a passé six mois, d'autres un an — je n'ai pas d'informations précises." Je lui ai dit que tu y avais passé vingt-six jours il y a plus d'un an et que cela avait à voir avec des problèmes liés à ton métier. J'ai dit que tu t'étais provisoirement retrouvé hors d'état de jouer et que, ne pouvant plus jouer, tu avais craqué. Quels qu'aient été les problèmes affectifs ou mentaux que tu avais pu connaître à ce moment-là, ai-je dit, ils ne se manifestaient pas aujourd'hui dans notre vie commune. J'ai dit que tu étais aussi sain d'esprit ou davantage que les autres personnes avec qui j'ai pu avoir des relations, et que quand nous sommes ensemble, tu as l'air équilibré et très heureux. Elle a demandé : "Est-ce qu'il a toujours ce même problème en ce qui concerne son jeu ?" J'ai dit que oui et non — que oui, mais que depuis que tu m'as connue et que tu es avec moi, ça n'est plus une tragédie comme avant. Que c'est plutôt comme un athlète qui s'est blessé et qui a été mis sur la touche, et qui attend de récupérer. Elle a dit : "Tu n'as pas, dis-moi, le sentiment qu'il faut que tu lui portes secours ?" Je lui ai assuré que non, elle m'a demandé à quoi tu occupais ton temps, et j'ai dit : "Il me voit. Je crois qu'il a l'intention de continuer à me voir. Il lit. Il m'achète des vêtements." Elle a sauté là-dessus. "Ah, alors ce sont des vêtements qu'il t'a achetés ? Je ne serais pas surprise qu'il y ait là-dedans quelque fantasme d'opération de sauvetage." Je lui ai dit qu'elle cherchait midi à quatorze heures, que ça nous amusait juste tous les deux, et qu'il n'y avait rien de plus à en dire. J'ai dit : "Il n'essaie pas de faire pression sur moi dans un sens qui ne serait pas ce que je veux." Elle a demandé : "Quand il t'achète des vêtements, est-ce que tu l'accompagnes ?" J'ai dit : "Le plus souvent. Mais je te répète, je crois que ça le rend heureux. Je le vois bien. Dans la mesure où c'est une expérience à laquelle je veux participer, je ne vois pas en quoi ça pourrait inquiéter qui que ce soit." Et c'est là que la conversation a changé de ton. Elle a dit : "Eh bien je dois te dire que ça m'inquiète. Tu es novice dans le monde des hommes, et je trouve étrange — à dire vrai, peut-être pas si étrange que ça — que tu choisisses pour t'engager dans ce genre de vie un homme de vingt-cinq ans ton aîné qui a eu une dépression pour laquelle il a dû être traité dans un hôpital psychiatrique et qui est maintenant pratiquement sans emploi. Tout cela ne me dit rien qui vaille." Je lui ai dit que ça ne me paraissait pas pire que la situation dans laquelle je me trouvais avant, avec une personne que j'avais beaucoup aimée et qui m'avait déclaré un beau matin : "Je n'en peux plus de ce corps", et qui avait décidé de devenir un homme. Et puis j'ai fait mon discours, le discours que j'avais préparé et récité tout haut pendant le trajet en voiture. J'ai dit : "En ce qui concerne son âge, maman, je ne vois pas où est le problème. Si je dois essayer de plaire aux hommes et aussi apprendre si les hommes peuvent me plaire, ça me paraît la meilleure démarche. Cet homme, c'est le test. Les vingt-cinq ans, je les vois comme vingt-cinq ans d'expérience de plus que si je faisais cette tentative avec un homme de mon âge. Nous n'envisageons pas le mariage. Je te l'ai dit — nous sommes heureux d'être ensemble, voilà tout. Et si je suis heureuse d'être avec lui, c'est en partie parce qu'il a vingt-cinq ans de plus que moi." Elle a dit : "Et lui, il est heureux d'être avec toi parce que tu as vingt-cinq ans de moins que lui." J'ai dit : "Excuse-moi, maman, tu ne serais pas un peu jalouse, par hasard ?" Elle a ri, elle a dit : "Ma chérie, j'ai soixante-trois ans, et il y a plus de quarante ans que je suis heureuse en ménage avec ton père. Il est vrai, a-t-elle dit, et ça peut t'amuser de l'apprendre, que quand je jouais Pegeen Mike et que Simon jouait Christy dans la pièce de Synge, j'ai eu un petit faible pour lui. Qui n'en avait pas ? Il était formidablement séduisant, énergique, exubérant, c'était un acteur puissant, un acteur merveilleux, son talent dépassait déjà de loin celui de tous les autres. Alors oui, j'ai eu un petit faible, mais j'étais déjà mariée, et enceinte de toi. Ce n'a été qu'une passade. Je ne crois pas l'avoir revu plus de dix fois au cours des années qui ont suivi. Je le respecte énormément en tant qu'acteur. Mais je continue à m'inquiéter de ce séjour en hôpital psychiatrique. Ce n'est pas rien de se faire interner dans un hôpital psychiatrique et d'y faire un séjour, long ou bref, peu importe. Écoute, m'a-t-elle dit, pour moi, le plus important c'est que tu ne t'embarques pas dans cette aventure les yeux fermés. Tu ne voudrais pas te conduire comme pourrait le faire une fille de vingt ans, par manque d'expérience. Je ne veux pas que tu agisses par naïveté." J'ai répondu : "Maman, je suis loin d'être naïve." Je lui ai demandé ce qui pourrait se passer de plus inquiétant que si j'étais avec n'importe qui d'autre. Elle m'a dit : "Ce qui m'inquiète ? C'est le fait que jour après jour il prend de l'âge. C'est comme ça que les choses se passent. On a soixante-cinq ans, et puis on en a soixante-six, et puis on en a soixante-sept, et ainsi de suite. Dans quelques années, il aura soixante-dix ans. Tu seras avec un homme de soixante-dix ans. Et ça ne s'arrêtera pas là, m'a-t-elle dit. Ensuite, ce sera devenu un homme de soixante-quinze ans. C'est sans fin. Ça continue. Il commencera à avoir des problèmes de santé comme en ont les gens âgés, peut-être de plus graves, et tu seras la personne chargée de prendre soin de lui. Est-ce que tu es amoureuse de lui ?" a-t-elle demandé. J'ai dit que je pensais que je l'étais. "Est-ce qu'il est amoureux de toi ?" J'ai dit que je pensais que tu l'étais. J'ai dit : "Tout ira bien, maman. Tu sais, je pense quelquefois qu'il a plus de souci à se faire que moi. Cette situation est plus précaire pour lui que pour moi. — Comment ça ? a-t-elle demandé. — Eh bien, ai-je répondu, comme tu le dis, moi c'est quelque chose dans quoi je me lance pour la première fois. Bien que ce soit nouveau pour lui aussi, cela ne l'est pas, et de loin, autant pour lui que pour moi. J'ai été étonnée d'y prendre autant de plaisir. Mais je ne peux pas déjà affirmer que c'est clairement la permutation à laquelle j'aspirerai toujours." Elle a dit : "Bon, d'accord, je ne veux pas m'appesantir et donner à la situation un caractère d'urgence qu'elle n'a pas et qu'elle n'aura peut-être jamais. J'ai juste pensé qu'il était important que je te voie. Et je dois dire, une fois de plus, que je suis très impressionnée par ton look." Je lui ai demandé : "Est-ce que ça te fait penser que tu aurais quand même préféré avoir une fille hétéro ?" Elle a dit : "Ça me fait penser que toi tu préférerais ne plus être lesbienne. Bien sûr, tu peux faire tout ce que tu veux. Dans ta jeunesse indépendante, tu nous as appris ça, à ton père et à moi. Mais je suis bien obligée de remarquer le changement physique. Tu as fait le nécessaire pour que tout le monde le remarque. Tu te fais même les yeux. C'est une transformation spectaculaire." C'est là que j'ai dit : "Qu'est-ce que tu crois que papa en penserait ?" Elle a dit : "Il n'a pas pu venir, parce qu'il a une nouvelle pièce dont la première a lieu dans quelques jours, et il ne peut pas s'absenter. Mais il voulait venir te voir, et dès que la pièce se jouera, il viendra, si tu en es d'accord. Alors tu pourras lui demander directement ce qu'il pense. Et voilà. Tu veux qu'on aille faire des courses ? m'a-t-elle demandé.

J'admire tes chaussures. Où les as-tu achetées ?" Je lui ai répondu, et elle m'a dit : "Est-ce que ça t'ennuierait si je m'achetais les mêmes ? Tu veux bien m'accompagner ?" Alors on a pris un taxi pour Madison Avenue, et elle s'est acheté une paire d'escarpins bicolores rose et beige en cuir verni à bouts pointus et à petits talons, à sa taille. Maintenant elle se promène dans le Michigan avec mes souliers Prada. Elle a aussi admiré ma jupe, alors on est allées à SoHo chercher une jupe du même style que la mienne. Heureux dénouement, non ? Mais à la fin de l'après-midi, tu sais ce qu'elle m'a dit, au moment de partir pour l'aéroport avec les sacs qui contenaient ses achats ? C'est ça le vrai dénouement, pas les chaussures. Elle m'a dit : "Tu sais, ce que tu as essayé de faire, au déjeuner, c'est de me convaincre qu'il s'agissait de la situation la plus normale, la plus raisonnable au monde, ce qui bien évidemment n'est pas le cas. De l'extérieur, les gens ne feront que t'irriter s'ils essaient de te dissuader de poursuivre ce dont tu te dis au réveil chaque matin que tu ne souhaitais rien d'autre et ce qui te permet de planer au-dessus de la monotonie et de la routine qui sont le lot commun. Je dois te dire qu'au début quand j'ai appris la nouvelle, j'ai trouvé que c'était de la folie et d'une grande imprudence. Maintenant que j'ai parlé avec toi, que j'ai passé la journée avec toi et que j'ai fait des courses avec toi pour la première fois, je crois, depuis que tu es partie pour aller faire tes études, maintenant que j'ai vu que tu prends les choses avec le plus grand calme, de façon raisonnable, réfléchie, eh bien je continue à penser que c'est de la folie, et d'une grande imprudence. »

Là-dessus, Pegeen s'arrêta. Cela lui avait pris près d'une demi-heure de répéter la conversation à Axler, et pendant tout ce temps-là il n'avait pas parlé, pas bougé de sa chaise, il ne lui avait pas dit d'arrêter aux divers moments où il pensait que ça suffisait comme ça. Mais ce n'était pas dans son intérêt de lui dire d'arrêter, c'était dans son intérêt de tout apprendre, de tout entendre, même, s'il le fallait, de l'entendre dire : « Mais je ne peux pas déjà affirmer que c'est clairement la permutation à laquelle j'aspirerai toujours. »

« Voilà. C'est tout, dit Pegeen. Ça se rapproche beaucoup de ce qu'elle a dit.

— C'est mieux ou c'est pire que ce à quoi tu t'attendais ? demanda Axler.

— Beaucoup mieux. Pendant le trajet aller en voiture, j'étais très angoissée.

— Eh bien on dirait qu'il n'y avait pas lieu. Tu t'y es très bien prise.

— Et puis j'étais très angoissée en rentrant, à l'idée de te raconter tout ça, et de savoir que si j'étais franche, tout ce que tu entendrais n'allait pas forcément te plaire.

— De ça non plus il n'y avait pas lieu de s'inquiéter.

— Vraiment ? J'espère que le fait que je t'aie tout dit ne t'a pas retourné contre ma mère.

— Ta mère a dit ce qu'une mère allait forcément dire. Je la comprends.» Il a ri et a ajouté : «Je ne peux pas dire que je ne lui donne pas raison.»

Avec douceur, et en rougissant pendant qu'elle parlait, Pegeen dit : «J'espère que ça ne t'a pas retourné contre moi.

— Ça m'a donné de l'admiration pour toi, dit-il. Tu as fait face bravement, pour parler avec elle, et maintenant pour parler avec moi.

— Pour de vrai? Tu n'es pas blessé?

— Non.» Mais bien sûr il l'était — blessé et en colère. Il était resté là à l'écouter avec concentration, comme il l'avait fait toute sa vie, à la scène comme à la ville. Mais il était particulièrement affecté par les explications de Carol concernant le vieillissement et le danger auquel sa fille se trouvait exposée par lui. Et, même s'il parlait avec douceur, il n'en était pas moins atteint par la formule «de la folie et d'une grande imprudence». Tout cela l'écœurait, en fait. On aurait pu comprendre, si Pegeen avait vingt-deux ans et qu'il y ait entre eux une différence de quarante ans, mais pourquoi s'en prendre à cette relation exclusive avec une femme aventureuse de quarante ans? Et qu'est-ce que cela pouvait bien fiche à une femme de quarante ans de savoir ce que ses parents souhaitaient? Ils auraient dû être plutôt heureux qu'elle soit avec lui, ne serait-ce que d'un point de vue vénal. Voilà cet homme éminent bourré de fric qui va la prendre en charge. Après tout, elle ne rajeunit pas, elle non plus. Elle se case avec quelqu'un qui a fait quelque chose de sa vie — quel mal y a-t-il à cela ? Au lieu de quoi le message est : Ne t'embarque pas dans une histoire où tu seras la garde-malade d'un vieux type qui ne tourne pas rond.

Malgré tout, étant donné que Pegeen semblait avoir rejeté la description que Carol faisait de lui, il trouva judicieux de ne rien dire de cela ni de tout ce qui lui avait déplu. À quoi cela servirait-il de reprocher à sa mère de se mêler de leurs affaires ? Mieux valait sembler le prendre à la plaisanterie. Si elle en venait à le voir par les yeux de sa mère, il n'y avait de toute façon rien qu'il pût dire ou faire pour l'en empêcher.

« Tu me fais un bien fou, dit Pegeen. Exactement le remède dont j'avais besoin.

— Et toi aussi », dit-il, et il en resta là. Il ne poursuivit pas en disant : « Quant à tes parents, je ne leur veux pas de mal, mais je ne peux pas organiser ma vie en tenant compte de ce qu'ils en pensent. Ce qu'ils en pensent, franchement ça m'est un peu égal, et au stade où nous en sommes, ça devrait t'être un peu égal à toi aussi. » Non, il n'allait pas se lancer dans cette direction. Il resterait plutôt bien tranquille, il se montrerait patient, et se bornerait à espérer qu'on oublierait bientôt la famille.

Pegeen consacra la journée du lendemain à arracher le papier peint de son bureau. Ce papier avait été choisi par Victoria bien des années plus tôt, et même si Axler n'avait aucune opinion sur la question, Pegeen n'en supportait pas la vue et elle lui demanda si elle pouvait l'enlever. Il lui dit que sa chambre était à elle et qu'elle pouvait en faire ce qu'elle voulait, tout comme la petite chambre là-haut et la salle de bains attenante, tout comme, en fait, toutes les pièces de la maison. Il lui dit qu'il était facile de faire venir un peintre qui s'en chargerait, mais elle insista pour arracher le papier et repeindre les murs elle-même, faisant ainsi du bureau son bureau à elle, officiellement. Elle avait chez elle tous les outils nécessaires pour décoller du papier peint, et elle les avait apportés pour commencer le travail justement ce dimanche, le lendemain du jour où sa mère, à New York, s'était demandé si sa présence chez Axler était une bonne idée. Il dut bien aller une dizaine de fois la regarder enlever le papier au cours de la journée et, chaque fois, il ressortait de là avec la même pensée rassurante : elle ne se donnerait pas toute cette peine si Carol avait réussi à la persuader de le quitter. Elle ne ferait pas ce qu'elle faisait si elle n'avait pas le projet de rester.

Ce soir-là, Pegeen retourna à la fac, où elle avait cours le lendemain matin de bonne heure. Quand le téléphone sonna vers dix heures du soir, il se dit que c'était elle qui l'appelait pour lui dire qu'elle était bien arrivée. Ce n'était pas elle. C'était la directrice évincée. « Soyez averti, monsieur l'homme célèbre : elle est désirable, elle est audacieuse, et elle est absolument impitoyable, absolument insensible, incroyablement égoïste, et totalement amorale. » Là-dessus, elle raccrocha.

Le lendemain matin, Axler laissa sa voiture chez son garagiste pour une révision, et le mécanicien le reconduisit chez lui dans sa dépanneuse. Il ramènerait la voiture à Axler le soir, une fois le travail terminé. Aux environs de midi, lorsque Axler alla dans la cuisine se préparer un sandwich, il regarda par hasard par la fenêtre et vit quelque chose traverser comme une flèche le champ attenant à la grange, et disparaître par-derrière. Cette fois-ci c'était une personne, pas un opossum. Axler recula d'un pas et attendit pour voir s'il n'y avait pas par hasard une deuxième, troisième ou quatrième personne embusquée ici ou là. Il y avait eu, au cours des mois précédents, toute une série de cambriolages dans le comté, principalement dans des maisons dont les propriétaires ne venaient que pour le week-end, et il se demanda si l'absence de voiture sous l'auvent avait attiré l'attention des voleurs et fait de lui une cible pour un cambriolage en plein jour. Il monta rapidement au grenier chercher son fusil de chasse et le chargea avec des cartouches. Puis il redescendit surveiller son domaine de la fenêtre de la cuisine. À une centaine de mètres au nord, sur la route perpendiculaire à la sienne, il vit une voiture garée, mais trop loin pour distinguer s'il y avait quelqu'un à l'intérieur ou pas. Il était inhabituel de voir une voiture garée là, de jour ou de nuit : de l'autre côté de la route il y avait une colline couverte de bois touffus, et du côté proche, des champs qui menaient à la grange, à l'auvent et à la maison. Soudain, la personne qui se cachait derrière la grange longea furtivement le mur latéral et fonça vers le devant de la maison. De la cuisine, il vit que l'intrus était une grande femme rousse, mince, vêtue d'un jeans et d'un blouson de ski bleu marine. Par une fenêtre, elle épiait l'intérieur du living-room. Comme il ne savait toujours pas si elle était seule, il s'immobilisa, le fusil dans les mains. Elle se mit bientôt à se déplacer d'une fenêtre à l'autre, s'arrêtant chaque fois pour examiner l'intérieur. Il sortit en douce par la porte de derrière et, sans être vu, il arriva à trois mètres de l'endroit où elle se tenait et regardait par une des fenêtres du living-room de l'autre côté de la maison.

Pointant le fusil sur elle, il lança : « Je peux faire quelque chose pour vous, madame ?

— Oh ! s'écria-t-elle lorsqu'elle se retourna et le vit. Oh, excusez-moi.

— Vous êtes seule ?

— Oui. Je suis seule. Je suis Louise Renner.

— C'est vous, la directrice du département.

— Oui. »

Elle n'avait pas l'air beaucoup plus âgée que Pegeen, mais elle était beaucoup plus grande, quelques centimètres seulement de moins que lui, et avec son maintien altier et sa chevelure rousse coiffée en arrière et retenue en chignon sur la nuque, il y avait chez cette femme quelque chose de sculptural, de majestueux. « Qu'est-ce que vous êtes en train de faire, exactement ? lui demanda-t-il.

— Je n'ai pas le droit d'être là, je le sais. Je n'avais pas de mauvaises intentions. Je pensais qu'il n'y avait personne.

— Vous êtes déjà venue ici ?

— Je suis seulement passée par là en voiture.

— Pourquoi ça ?

— Vous ne pourriez pas abaisser votre fusil ? Ça me fait peur.

— C'est vous qui m'avez fait peur, à épier chez moi par la fenêtre.

— Je suis désolée. Je m'excuse. C'était idiot de ma part. J'ai honte. Je m'en vais.

— Qu'est-ce que vous cherchiez ?

— Vous savez très bien ce que je cherchais, dit-elle.

— Dites-moi.

— Je voulais seulement voir où elle va tous les week-ends.

— Vous filez un mauvais coton ! Vous avez fait toute la route depuis le Vermont pour voir ça !

— Elle avait promis que nous resterions ensemble toute la vie et, trois semaines plus tard, elle est partie. Encore une fois, je m'excuse. Ce genre de chose ne m'est jamais arrivé ; je n'aurais jamais dû venir ici.

— Et ça ne vous sert sans doute pas à grand-chose de faire ma connaissance.

— En effet.

— Ça vous fait bouillir de jalousie, dit-il.

— De haine, si vous voulez savoir.

— C'est vous qui avez téléphoné hier soir.

— Je ne me contrôle pas complètement.

— Vous êtes obsédée, alors vous téléphonez. Vous êtes obsédée, alors vous épiez. Il n'empêche que vous êtes une femme très séduisante.

— C'est la première fois que j'entends un homme armé d'un fusil me dire ça.

— J'ignore pourquoi elle vous a quittée pour moi, dit-il.

— Ah, vraiment ?

— Vous êtes une Valkyrie aux cheveux de flammes et je suis un vieux monsieur.

— Un vieux monsieur qui est une star, Mr Axler. Ne prétendez pas le contraire.

— Vous voulez entrer une minute ? demanda-t-il.

— Pourquoi ? Vous voulez me séduire moi aussi ? C'est votre spécialité, reconvertir les lesbiennes ?

— Madame, ce n'est pas moi qui ai joué les voyeurs. Ce n'est pas moi qui ai téléphoné à ses parents dans le Michigan à minuit. Ce n'est pas moi qui ai donné un coup de téléphone anonyme à "monsieur l'homme célèbre" hier soir. Alors, ce n'est pas la peine de prendre si vite ce ton accusateur.

— Je ne suis pas dans mon assiette.

— Vous trouvez qu'elle en vaut la peine ?

— Non. Bien sûr que non, dit-elle. Elle n'est pas vraiment belle. Elle n'est pas si intelligente que ça. Et elle n'est pas vraiment adulte. Pour son âge, elle est incroyablement immature. C'est une gamine, en vérité. Elle a transformé son amante du Montana en homme. Elle m'a transformée en mendiante. Qui sait en quoi elle est en train de vous transformer. Elle sème le trouble là où elle passe. D'où lui vient ce pouvoir ?

— Je vous laisse deviner.

— C'est ça qui a des conséquences aussi désastreuses ? demanda Louise.

— Il y a quelque chose en elle de sexuellement très puissant », dit-il, et il la vit se crisper en entendant ces mots. Il est vrai que cela ne devait pas être facile pour la perdante de se retrouver face à celui qui avait remporté la mise.

« De la puissance, il y en a chez elle à revendre, dit la directrice. C'est un garçon-fille. C'est une adulte-enfant. Il y a en elle une adolescente qui n'a pas grandi. C'est une naïve rusée. Mais ce n'est pas sa sexualité, en soi, qui a cet effet — c'est nous. C'est nous qui lui attribuons ce pouvoir de destruction. Pegeen, ce n'est personne, vous savez.

— Si ce n'était personne, vous ne souffririez pas autant. Si ce n'était personne, elle ne serait pas ici. Allez, vous feriez aussi bien d'entrer. Comme ça, vous pourrez tout voir de près. » Et lui pourrait en apprendre plus long sur Pegeen, même si les observations de Louise étaient faussées par le sentiment qu'elle avait d'avoir été «exploitée» par elle. Oui, il voulait l'entendre parler, depuis les profondeurs de sa blessure, de la personne qui était la plus proche de lui au monde.

«J'en ai vu plus qu'assez, dit Louise.

— Entrez donc, dit-il.

— Non.

— Est-ce que je vous fais peur ? demanda-t-il.

— J'ai fait une bêtise et je m'en excuse. Je me suis introduite chez vous sans permission, et je le regrette. Maintenant, j'aimerais que vous me laissiez partir.

— Je ne vous retiens pas. Vous avez une curieuse façon de retourner moralement la situation à mon désavantage. Mais ce n'est pas moi, pour commencer, qui vous ai invitée à venir.

— Alors pourquoi est-ce que vous voulez que j'entre chez vous ? Parce que ce serait une belle victoire de coucher avec la femme avec qui Pegeen couchait avant ?

— Telle n'est pas mon ambition. La situation telle qu'elle est me convient très bien. Je disais ça par politesse. Je pourrais vous offrir une tasse de café.

— Non, dit Louise froidement. Non, vous voulez baiser avec moi.

— C'est ça que vous voudriez que je veuille ?

— C'est ce que vous, vous voulez.

— C'est pour essayer d'obtenir ça de moi que

vous êtes venue jusqu'ici ? Pour rendre à Pegeen la monnaie de sa pièce ? »

D'un seul coup, elle fut incapable de dissimuler sa détresse, et elle fondit en larmes. « Trop tard, trop tard », sanglotait-elle.

Il ne comprenait pas à quoi elle faisait allusion, mais il ne posa pas la question. Elle pleurait, le visage enfoui dans les mains, cependant qu'il se retournait et, le fusil au côté, rentrait chez lui par la porte de derrière. Il voulait croire que rien de ce que Louise avait dit, soit là, devant la maison, soit la veille au soir au téléphone, n'avait à être pris au sérieux.

Quand il appela Pegeen ce soir-là, il ne fit pas allusion à ce qui s'était passé dans l'après-midi. Et lorsqu'elle vint passer le week-end, il ne lui parla pas non plus de la visite de Louise, mais tandis qu'ils faisaient l'amour, il n'arrivait pas à s'ôter de la tête la Valkyrie aux cheveux de flammes et le fantasme de ce qui ne s'était pas passé.

3

Le dernier acte

Les douleurs liées à sa colonne vertébrale empêchaient Axler de faire l'amour dans la position du missionnaire, ou même sur le côté. Aussi restait-il allongé sur le dos, et c'est elle qui le chevauchait, en s'appuyant sur les genoux et les mains pour ne pas peser de tout son poids sur son pelvis. Au début, une fois perchée là-haut, elle perdait tout son savoir-faire, et il dut la guider des deux mains pour lui expliquer comment s'y prendre. « Je ne sais pas quoi faire, avait timidement dit Pegeen.

— Tu es sur un cheval, lui avait dit Axler. Joue la cavalière. » Quand il enfonça son pouce dans son cul, elle soupira de plaisir et murmura : « Personne n'avait jamais rien introduit là-dedans.

— Ça ne m'étonne pas », répondit-il, également dans un murmure. Et lorsque ensuite il introduisit sa verge, elle le supporta autant qu'elle put, jusqu'à ce que cela devienne vraiment trop douloureux. « Ça t'a fait mal ? lui demanda-t-il.

— Ça m'a fait mal, mais c'est toi. » Souvent elle gardait sa verge dans sa main ensuite, et regardait l'érection retomber. « Qu'est-ce que tu contemples comme ça ? lui demanda-t-il.

— Ça vous remplit, dit-elle, pas comme les godemichés ni les doigts. C'est vivant. C'est une chose vivante. » Elle maîtrisa vite l'art de le chevaucher, et bientôt, pendant qu'elle montait et descendait avec lenteur, elle se mit à lui dire : « Frappe-moi. » Et lorsqu'il le fit, elle dit en se moquant : « Tu ne peux pas faire mieux que ça ?

— Ta figure est déjà toute rouge.

— Plus fort, dit-elle.

— D'accord, mais pourquoi ?

— Parce que je t'ai donné la permission de le faire. Parce que ça fait mal. Parce que ça me donne l'impression d'être une petite fille et que ça me donne l'impression d'être une pute. Vas-y. Plus fort. »

Elle avait un petit sac en plastique contenant des accessoires érotiques qu'elle apporta avec elle un week-end, et elle les répandit sur les draps au moment d'aller au lit. Il avait vu au cours de sa vie pas mal de godemichés, mais jamais, à part sur des photos, le harnais de cuir qu'on s'attache, qui maintient le godemiché bien en place et permet à une femme d'en pénétrer une autre. Il lui avait demandé d'apporter ces accessoires, et il la regarda fixer le harnais sur ses cuisses et jusqu'à ses hanches, où elle le sangla comme une ceinture. On aurait dit un pistolero se préparant, un pistolero qui roulerait les mécaniques. Puis elle inséra un gode en caoutchouc vert dans une encoche du harnais qui se trouvait à peu près à la hauteur de son clitoris. Elle se tint debout devant le lit, vêtue de ce seul accessoire. « Montre-moi le tien », dit-elle. Il enleva son pantalon et le jeta de l'autre côté du lit tandis qu'elle se saisissait de la verge verte et, l'ayant lubrifiée avec de l'huile pour bébé, elle fit semblant de se masturber comme un homme. Avec admiration il dit : « On croirait que c'est vrai.

— Tu veux que je te baise avec ?

— Non merci, dit-il.

— Je ne te ferais pas mal, dit-elle sur un ton câlin, en baissant la voix pour la rendre plus caressante. Je te promets d'être très douce avec toi.

— C'est drôle, mais je n'ai pas confiance dans ta douceur.

— Il ne faut pas se fier aux apparences. Allez, laisse-moi, dit-elle en riant. Ça va te plaire. Une expérience inédite.

— C'est à toi que ça plaira. Non, j'aime mieux que tu me fasses une pipe.

— Pendant que j'ai mon gode sur moi ?

— Oui.

— Pendant que j'ai ma verge bien grosse et gonflée.

— C'est ça que je veux.

— Pendant que j'ai sur moi ma grosse verge verte et que tu joues avec mes bouts de sein.

— C'est bien ça.

— Et une fois que je t'aurai sucé, dit-elle, tu me suceras. Tu descendras sur ma grosse verge verte.

— Oui, je pourrais faire ça.

— Alors ça, tu pourrais le faire ! Tu as un sens des limites assez spécial. De toute façon, il faut que tu sois un peu tordu pour qu'une fille dans mon genre te fasse bander.

— Je suis peut-être un peu tordu, mais je ne crois pas que dans ton cas on puisse encore parler d'une fille dans ton genre.

— Ah non, vraiment ?

— Pas avec cette coupe de cheveux à deux cents dollars. Pas avec ces vêtements. Pas avec ta mère qui adopte ton style de chaussures. » La main de Pegeen continuait à pomper le gode. « Parce que tu crois vraiment qu'en dix mois tu as pu liquider la lesbienne en moi ?

— Es-tu en train de me dire que tu couches encore avec des femmes ? » demanda-t-il. Sans répondre, elle continua à pomper le gode. « Pegeen, réponds-moi. » De sa main libre, elle leva deux doigts. « Qu'est-ce que ça veut dire ? demanda-t-il.

— Deux fois.

— Avec Louise ?

— Tu es fou.

— Alors, avec qui ? » Elle rougit. « Sur le terrain

que je longe quand je vais faire mes cours, il y avait deux équipes de filles qui jouaient au softball. J'ai garé la voiture, je suis sortie, et je suis allée regarder, près du banc de touche.» Après un silence, elle avoua : «Après la fin du match, j'ai ramené chez moi la lanceuse à la queue de cheval blonde.

— Et la deuxième fois ?

— L'autre lanceuse à la queue de cheval blonde.

— Ça laisse quelques joueuses qui attendent leur tour, dit-il.

— Je n'avais pas l'intention de faire ça, dit-elle, tout en continuant à caresser le gode vert.

— Écoute-moi, Pegeen Mike, dit-il en reprenant l'accent irlandais qu'il n'avait plus utilisé depuis *Le Baladin,* peut-être que tu devrais me dire si tu as l'intention de recommencer. J'aimerais mieux que la réponse soit non», dit-il, sachant qu'il n'avait aucun pouvoir de la garder, et de la garder pour lui tout seul; sachant que sa réaction excessive était ridicule, et essayant de masquer ses émotions derrière l'accent irlandais. «Je te l'ai dit, je n'avais pas du tout le projet de faire ça.» Et là-dessus, soit parce que le désir avait eu raison d'elle, soit parce qu'elle voulait le faire taire, elle baissa les lèvres et les promena le long de sa verge. Lui avait le regard fixé sur elle, comme en transe, et le sentiment de son impuissance, la certitude que cette liaison était de la pure folie, que le passé de Pegeen n'était pas modifiable, que Pegeen était inaccessible, et qu'il attirait sur sa tête un nouveau malheur, tout cela cessa peu à peu de le tourmenter. La bizarrerie de cet ensemble d'éléments aurait fait fuir pas mal de gens. Mais la bizarrerie était ce qui rendait la situation si excitante. En même temps, la terreur était toujours là, terreur de se retrouver comme avant : un homme fini. Terreur d'être bientôt la prochaine Louise, l'ex qui fait des reproches, qui perd les pédales, qui veut se venger.

Le père de Pegeen n'avait pas arrangé les choses lorsqu'il était venu voir sa fille à New York le samedi suivant la visite de sa mère. Asa reprit le discours de Carol là où elle l'avait laissé, revenant sur les dangers de cette liaison, évoquant les risques que représentait l'âge de l'amant de Pegeen pour en venir aux risques que représentait son état psychique. La stratégie d'Axler, cependant, demeura la même : Supporte de tout entendre; ne te précipite pas pour affronter les parents tant que Pegeen ne cède pas.

«Ta mère avait raison : tu as une coiffure formidable, raconta-t-elle que son père lui avait dit. Et elle avait aussi raison pour tes vêtements. — Oui? Tu me trouves jolie? — Tu es ravissante, avait-il dit. — Plus qu'avant? — Différente. Complètement différente. — Je ressemble davantage à la fille que tu aurais aimé avoir? — Ce qui est sûr, c'est que c'est la première fois que je te vois comme ça. Maintenant parle-moi de Simon.

— Après les problèmes qu'il a eus au Kennedy Center, expliqua-t-elle, il s'est retrouvé dans un hôpital psychiatrique. C'est de cela que tu veux parler ? avait-elle demandé. — Exactement, avait-il dit. — Nous avons tous nos problèmes, papa. — Nous avons tous nos problèmes, mais nous ne finissons pas tous dans des hôpitaux psychiatriques. — Pendant que nous y sommes, avait-elle dit, et la différence d'âge ? Tu ne veux pas m'interroger aussi là-dessus ? — Je voudrais te poser une autre question. Est-ce sa célébrité qui t'impressionne ? Tu sais comment certains types de personnages sont auréolés de leur champ magnétique, un champ électromagnétique qui les encercle. Cela vient, dans le cas présent, du fait d'être une star. Est-ce cela qui t'impressionne ? » Elle avait ri. « Au début, peut-être. Mais maintenant, je t'assure, il n'est rien d'autre que lui-même. — Puis-je te demander jusqu'où vous vous êtes engagés ? — Nous n'en parlons pas vraiment. — Alors peut-être que tu devrais en parler avec moi. Est-ce que tu vas l'épouser, Pegeen ? — Je ne crois pas que ça l'intéresse de se marier avec qui que ce soit. — Oui ou non ? — Pourquoi me traites-tu comme si j'avais douze ans ? — Parce que peut-être que quand il s'agit des hommes, tu es plus proche de douze ans que de quarante. Écoute, Simon Axler est un acteur fascinant, et pour une femme, probablement un homme fascinant. Mais il a l'âge qu'il a, et tu as l'âge que tu as. Il a eu la vie qu'il a eue, avec des hauts triomphants et des bas catastrophiques, et tu as eu la tienne. Étant donné que ces bas où il est tombé m'inquiètent fort, je ne vais pas en parler avec la même désinvolture que toi. Je ne vais pas te promettre que je n'exercerai pas sur toi toute la pression que je peux. Car c'est exactement ce que je vais faire.»

Et c'est ce qu'il fit. Contrairement à sa mère, il ne termina pas la journée en faisant des courses avec sa fille, mais tous les soirs, vers l'heure du dîner, il lui téléphonait chez elle pour poursuivre, avec la même insistance, la conversation qui avait débuté à New York au déjeuner. Il était rare que ces conversations entre le père et la fille durent moins d'une heure.

Au lit, le soir qui suivit la visite de son père à New York, Axler dit à Pegeen : «Je voudrais que tu saches que je trouve insensée toute cette histoire avec tes parents. Je ne comprends pas qu'ils prennent cette place dans notre vie. Ils en prennent beaucoup trop et, à mon avis, ça n'a guère de sens. D'un autre côté, je reconnais qu'à tout âge de la vie les gens ont leur part de mystère, et l'attachement à leurs parents peut faire partie de ce mystère. Ceci étant, laisse-moi te faire une proposition : si tu veux que j'aille faire un saut dans le Michigan pour parler à ton père, je ferai un saut là-bas, et j'écouterai patiemment tout ce qu'il a à dire. Et quand il me donnera les raisons qu'il a de s'opposer à notre liaison, je ne discuterai même pas, j'abonderai dans son sens. Je lui dirai qu'il est parfaitement compréhensible qu'il s'inquiète, et que je suis d'accord avec lui. A priori, c'est une situation peu banale, et il est certain qu'il y a des risques. Il n'empêche que sa fille et moi avons l'un pour l'autre les sentiments que nous avons. Et le fait que Carol, et lui et moi, ayons été amis dans notre jeunesse à New York n'a rien à voir là-dedans. Ce sera ma seule défense, Pegeen, si tu veux que j'aille le voir. C'est toi qui décides. J'y vais dès cette semaine si tu le souhaites. J'y vais demain, si c'est cela que tu veux.

— Qu'il m'ait vue, c'est bien suffisant, répondit-elle. Pas besoin de pousser plus loin. Surtout que tu m'as bien expliqué que tu trouvais déjà que ça avait été trop loin.

— Je ne suis pas sûr que tu aies raison, dit-il. Mieux vaut aborder de front le père furibond…

— Mais mon père n'est pas furibond, ce n'est pas dans sa nature, et je ne trouve pas utile de provoquer une scène alors qu'il n'y a pas de scène à l'horizon. »

Axler pensa : Oh que si, il y a une scène à l'horizon ; les deux personnes bourrées de principes que tu as pour parents ne vont pas en rester là. Mais il se contenta de lui dire : « D'accord, je tenais seulement à te le proposer. C'est toi qui prends la décision. »

Mais était-ce le cas ? Est-ce que ce n'était pas à lui de les neutraliser en les affrontant plutôt que de laisser les choses suivre leur cours. Il aurait dû, en fait, accompagner Pegeen à New York, il aurait dû insister pour être présent et faire face à Asa. Malgré ce que Pegeen lui avait dit pour le rassurer, il avait du mal à abandonner l'idée qu'Asa était un père furibond auquel il aurait dû faire face plutôt que de le fuir. « Est-ce sa célébrité qui t'impressionne ? » Il allait forcément penser ça, lui qui n'avait jamais décroché les grands rôles. Oui, se disait Axler... ma célébrité va lui ravir sa fille unique, cette célébrité qui n'a jamais été à sa portée.

C'est au milieu de la semaine suivante qu'Axler prit le temps de lire le journal local du vendredi précédent avec, en première page, le fait divers concernant un meurtre qui s'était produit dans une banlieue résidentielle à quelque quarante kilomètres de là. Un quadragénaire, chirurgien esthétique de renom, avait été abattu par sa femme, dont il était séparé. La femme était Sybil Van Buren.

Apparemment, mari et femme ne vivaient plus ensemble. Elle avait traversé la ville en voiture pour se rendre chez lui et, dès qu'il avait ouvert la porte, elle lui avait tiré deux fois dessus en pleine poitrine, le tuant sur le coup. Elle avait lâché l'arme du crime sur le pas de la porte, puis elle était retournée s'asseoir dans sa voiture garée jusqu'à ce que la police arrive et l'emmène au commissariat pour l'écrouer. En partant de chez elle ce matin-là, elle s'était déjà organisée pour que la baby-sitter passe la journée avec les deux enfants.

Axler téléphona à Pegeen pour lui raconter ce qui s'était passé.

« Est-ce que tu la croyais capable de faire ça ? demanda-t-elle.

— Quelqu'un d'aussi démuni qu'elle ? Non. Jamais de la vie. Elle avait le motif, l'abus sexuel, mais un homicide ? Elle m'avait demandé si je serais disposé à le tuer pour elle. Elle avait dit : "Il me faut quelqu'un pour tuer ce monstre."

— Quelle horrible histoire, dit Pegeen.

— Cette femme d'aspect fragile, aussi menue que la plus frêle des petites filles. La personne la moins agressive qu'on puisse rencontrer.

— Ils ne la condamneront sûrement pas, dit Pegeen.

— Peut-être que oui, peut-être que non. Peut-être qu'elle plaidera la folie temporaire et qu'elle s'en tirera. Mais dans ce cas-là, qu'est-ce qu'elle deviendra ? Que deviendra l'enfant ? Si cette petite fille n'était pas déjà détruite par ce que lui a fait son beau-père, elle le sera maintenant par ce que sa mère a fait. Sans parler du petit garçon.

— Tu aimerais que je vienne ce soir ? Tu as l'air secoué.

— Non non, dit-il. Ça va. C'est juste que c'est la première fois que je connais quelqu'un qui a commis un meurtre, en dehors du théâtre.

— Je vais venir un peu plus tard », dit Pegeen.

Et quand elle fut là, ils s'assirent dans le living-room après le dîner et il lui répéta en détail tout ce qu'il se rappelait de ce que Sybil Van Buren lui avait raconté à l'hôpital. Il retrouva sa lettre — la lettre qui lui avait été envoyée aux bons soins de l'agence de Jerry — et la fit lire à Pegeen.

« Le mari prétendait être innocent, expliqua Axler. Il prétendait qu'elle avait des visions.

— Et c'était vrai ?

— J'ai eu le sentiment que non. Je l'ai vue souffrir. J'ai cru à son histoire. »

Pendant la journée, il avait lu et relu l'article, et avait regardé à maintes reprises la photo de Sybil que publiait le journal, un portrait de studio sur lequel elle avait moins l'air d'une femme mariée dans la trentaine, et moins encore d'une Clytemnestre, que d'une jeune majorette qui n'a encore rien connu des épreuves de la vie.

Le lendemain, il téléphona au service de renseignements et, sans le moindre problème, il obtint le numéro de téléphone des Van Buren. Quand il appela, une femme répondit, qui se présenta comme la sœur de Sybil. Il expliqua qui il était, et lui parla de la lettre qu'il avait reçue d'elle. Il la lui lut au téléphone. Ils convinrent qu'elle la transmettrait à l'avocat de sa sœur.

« On vous permet de la voir ? lui demanda-t-il.

— Seulement avec l'avocat. L'impossibilité de voir ses enfants lui tire des larmes. À part ça, elle est d'un calme étonnant.

— Est-ce qu'elle parle du meurtre ?

— Elle dit : “Il fallait le faire.” On croirait qu’elle en est à son cinquantième, pas à son premier. Elle est dans un état très étrange. La gravité de la chose semble lui échapper. C’est comme si toute cette gravité était derrière elle.

— Pour le moment, dit-il.

— Je me suis dit la même chose. Ça va exploser. Elle ne va pas arborer très longtemps ce masque impassible. J’espère qu’on surveille sa cellule contre les tentatives de suicide. Ce qui va se passer ensuite me fait très peur.

— Bien sûr. Ce qu’elle a fait ne colle absolument pas avec la femme que j’ai connue. Pourquoi a-t-elle fait ça au bout de tout ce temps ?

— Parce que même lorsque John est parti de chez eux, il a continué à tout nier en bloc, à lui dire qu’elle délirait, et ça l’a mise en rage. Le matin où elle avait décidé d’aller le voir, elle m’a dit qu’elle lui extorquerait une confession par n’importe quel moyen. Je lui ai dit : “Ne va pas le voir. Ça ne fera que te faire sortir de tes gonds.” Et j’avais raison. C’est moi qui avais voulu qu’elle aille porter plainte auprès du procureur. C’est moi qui lui avais dit qu’elle devrait le faire mettre derrière les barreaux. Mais elle a refusé : Ce n’était pas n’importe qui, on parlerait du procès dans les journaux et à la télévision et la petite Alison se trouverait traînée dans le cauchemar des tribunaux pour être exposée publiquement de nouveau à l’horreur. Comme elle avait dit ça, je n’ai pas pensé une minute qu’extorquer une confession "par n'importe quel moyen" irait jusqu'à se servir du fusil de chasse de son mari — vous pensez bien que si elle faisait une chose pareille, ce serait aussi dans les journaux. Mais quand elle est arrivée chez John ce samedi matin-là, elle n'a pas attendu qu'il la fasse entrer dans la maison. Elle ne l'a pas laissé dire un seul mot. Ce n'est pas qu'ils se sont disputés, que le ton est monté et qu'elle l'a tué. Il lui a suffi de voir sa tête, et là, devant la porte, elle a appuyé deux fois sur la détente, et il était mort. Elle m'a dit : "Qui sème le vent récolte la tempête."

— Est-ce que la petite fille est au courant ?

— On ne lui a pas encore dit. Ça ne va pas être facile. Rien ne va être facile. Feu le docteur Van Buren a tout fait pour ça. Je n'arrive même pas à imaginer ce que vont être les souffrances d'Alison. »

Pendant des jours, à la suite de ce coup de téléphone, Axler se répéta : *Ce que vont être les souffrances d'Alison.* C'était probablement cette pensée qui avait incité Sybil à tuer son mari — ne faisant par là qu'accroître pour toujours les souffrances d'Alison.

Une nuit, au lit, Pegeen dit à Axler : « J'ai une fille pour toi. Elle fait partie de l'équipe de natation de Prescott. Je nage avec elle l'après-midi. Lara. Tu aimerais que je t'amène Lara ? »

Elle le chevauchait dans un lent mouvement de va-et-vient de haut en bas, et toutes les lumières étaient éteintes, mais la chambre recevait un peu de lumière de la pleine lune qui brillait à travers les branches des grands arbres derrière la maison.

« Parle-moi de Lara, dit-il.

— Oh, je suis sûre qu'elle te plaira.

— Apparemment, c'est déjà vrai pour toi.

— Je la regarde dans la piscine. Je la regarde dans le vestiaire. Une fille riche. Issue des classes privilégiées. Elle n'a jamais connu une minute de privation. Elle est parfaite. Blonde. Des yeux bleus limpides. De longues jambes. Des jambes musclées. Des seins parfaits.

— Raconte.

— Ça te fait drôlement bander que je te parle de Lara, dit-elle.

— Les seins, dit-il.

— Elle a dix-neuf ans. Ils sont fermes, comme suspendus là-haut. Son sexe est rasé et il y a juste une frange de poils blonds de chaque côté.

— Qui la baise ? Les garçons ou les filles ?

— Je ne sais pas encore. Mais quelqu'un a pris du bon temps avec son sexe. »

À partir de ce jour-là, Lara fut avec eux chaque fois qu'ils voulaient d'elle.

« Tu la baises, disait Pegeen. C'est la petite chatte parfaite de Lara.

— Toi aussi tu la baises ?

— Non. Rien que toi. Ferme les yeux. Tu veux qu'elle te fasse jouir ? Tu veux que Lara te fasse jouir ? Vas-y, petite garce blonde, fais-le jouir ! »

Pegeen criait, et il n'avait plus besoin de lui

dire comment se tenir à cheval. « Fais-lui gicler ça partout. Là ! Là ! Oui, c'est ça. Lance-lui-en une bonne giclée en pleine figure ! »

Un soir ils allèrent dîner dans une auberge des environs. De la salle à manger rustique, on apercevait de l'autre côté de la route un grand lac que le coucher du soleil faisait étinceler. Pegeen portait ses tout nouveaux vêtements ; ils avaient décidé sur un coup de tête d'aller faire des courses à New York, la semaine précédente, pour les acheter : une petite jupe collante noire en jersey, un haut rouge en cachemire sans manches avec un cardigan en cachemire rouge noué sur ses épaules, des bas de soie noirs, un sac bandoulière en cuir souple orné de petites lanières de cuir, et aux pieds des escarpins à bride au talon et ouverts devant sur les doigts de pied. Cela lui faisait une silhouette douce, sinueuse, attirante, rouge au-dessus de la taille et entièrement noire au-dessous, et elle avait un maintien plein d'aisance et de désinvolture, comme si elle n'avait jamais été habillée autrement. Elle portait le sac, comme le lui avait recommandé la vendeuse, avec la bandoulière en diagonale comme un baudrier et le sac pendant à hauteur de la hanche.

Afin d'éviter que son dos ne se bloque et que ses jambes ne s'engourdissent, Axler avait l'habitude, au cours d'un repas, de se lever deux ou trois fois pour faire quelques pas. Et donc, après le plat et avant le dessert, Axler se leva et, pour la deuxième fois, traversa le restaurant pour aller jusqu'à la salle de l'auberge et au bar. Là, il vit une jeune femme séduisante qui buvait toute seule. Elle devait avoir entre vingt et trente ans, et à la façon dont elle s'adressait au barman, il jugea qu'elle était un peu ivre. Quand elle jeta un regard dans sa direction, il sourit, et pour ne pas avoir à repartir aussitôt, il demanda au barman s'il savait où en était le match. Puis il demanda à la jeune femme si elle était du coin, ou si elle était cliente de l'auberge. Elle répondit qu'elle venait de prendre un emploi au magasin d'antiquités là-bas sur la route, et qu'elle était passée prendre un verre en sortant du travail. Il lui demanda si elle s'y connaissait en antiquités, et elle lui dit que ses parents étaient antiquaires dans le nord de l'État. Elle-même avait travaillé trois ans dans une boutique de Greenwich Village, et elle avait décidé de quitter New York pour aller tenter sa chance dans le Washington County. Il lui demanda depuis combien de temps elle était là, elle dit qu'elle n'était arrivée que le mois précédent. Il lui demanda ce qu'elle buvait, et lorsqu'elle le lui dit, il répondit : « Laissez-moi vous offrir le suivant », et il pria le barman de mettre ça sur sa note.

Quand arriva le dessert, il dit à Pegeen : « Il y a une fille au bar qui est en train de se saouler.

— À quoi est-ce qu'elle ressemble ?

— À une fille qui sait se défendre.

— Ça te tente ?

— Si ça te tente, toi.

— Quel âge a-t-elle ?

— Je dirais vingt-huit ans. C'est toi qui prendrais les choses en main. Toi et la verge verte.

— Non, toi, dit-elle. Toi et la vraie verge.

— On prendrait tous les deux les choses en main.

— Il faut que je la voie », dit-elle.

Il paya l'addition, ils sortirent du restaurant et allèrent jusqu'au seuil du bar. Axler se tenait derrière Pegeen, il l'entourait de ses bras. Il la sentait trembler d'excitation tandis qu'elle regardait la fille boire au bar. Son tremblement le faisait frissonner. C'était comme s'ils ne formaient plus qu'un seul être en proie à une folle tentation.

« Elle te plaît ? chuchota-t-il.

— C'est une fille qui pourrait se montrer tout à fait impudique, avec un minimum d'encouragement. Elle a l'air prête à tous les écarts de conduite.

— Tu veux qu'on la ramène chez nous ?

— Ce n'est pas Lara, mais elle fera l'affaire.

— Et si elle vomit dans la voiture ?

— Tu crois qu'il y a un risque ?

— Il y a un bon bout de temps qu'elle est au bar. Quand elle tombera dans les pommes à la maison, comment est-ce qu'on s'en débarrassera ?

— On la tuera », dit Pegeen.

Tout en continuant à tenir Pegeen serrée devant lui, il lança en direction du bar : « On peut vous raccompagner, mademoiselle ?

— Tracy.

— On peut vous raccompagner, Tracy ?

— J'ai ma voiture, répondit Tracy.

— Vous croyez que vous êtes en état de la conduire ? Je peux vous déposer chez vous. » Pegeen continuait à frissonner dans ses bras. C'est un chat, se disait-il, un chat au moment où il s'apprête à bondir, un faucon quand il va s'envoler du poing du fauconnier. La bête que l'on contrôle — jusqu'au moment où on la lâche. Il se disait : je lui procure Tracy comme je lui donne ses vêtements. Avec Lara, on avait toutes les audaces, c'était sans conséquence. Mais là, il savait que c'était différent. Il lui vint à l'esprit qu'il cédait tout le pouvoir à Pegeen.

« Je peux demander à mon mari de passer me chercher », dit Tracy.

Il avait remarqué qu'elle ne portait pas d'alliance. « Non, on va vous emmener. Où voulez-vous aller ? »

Tracy mentionna le nom d'une ville à vingt kilomètres de là.

Le barman, qui savait qu'Axler habitait dans la direction opposée, continua à s'affairer comme s'il était sourd et muet. À cause des films dans lesquels Axler avait joué, pratiquement tout le monde dans cette ville de neuf cents habitants savait qui il était, même si la plupart ignoraient qu'il tirait sa réputation du fait qu'il avait été toute sa vie un grand acteur de théâtre. La jeune femme ivre paya sa note, descendit de son tabouret, et attrapa sa veste pour partir. Elle était plus grande qu'il n'avait imaginé, et plus enveloppée : égarée peut-être, mais pas une pauvre enfant abandonnée. Une blonde plantureuse avec un corps épanoui et une sorte de joliesse nordique conventionnelle. L'un dans l'autre, une version mal dégrossie de la majestueuse Louise.

Il installa Tracy à l'arrière avec Pegeen et les conduisit, par des routes de campagne plongées dans le noir et vides de toute circulation, jusqu'à chez lui. C'était comme un enlèvement. La rapidité avec laquelle Pegeen passa à l'action ne le prit pas par surprise. Elle n'était pas pétrifiée de timidité ou de peur comme lorsqu'elle s'était fait couper les cheveux, et il était déjà captivé par ce qu'il entendait à l'arrière de la voiture. À la maison, dans la chambre, Pegeen vida sur le lit son sac en plastique qui contenait les accessoires, parmi lesquels le chat à neuf queues avec ses lanières en cuir, sans nœud au bout, très minces et très douces.

Axler se demandait ce qui se passait dans la tête de Tracy. Elle monte dans une voiture avec deux personnes qu'elle n'a jamais vues de sa vie, on l'emmène dans une maison au fin fond de la campagne au bout d'un chemin de terre, puis elle descend de la voiture pour tomber au milieu d'un véritable maelström. Elle est peut-être ivre, mais elle est également jeune. Jusqu'à quel point est-elle inconsciente du risque ? Ou bien est-ce que Pegeen et moi inspirons la confiance ? Ou est-ce que le risque, c'est justement ce que recherche Tracy ? Ou est-ce qu'elle est tellement saoule qu'elle s'en fiche ? Il se demandait si elle avait déjà fait ce genre de chose. Puis il se demanda pourquoi elle le faisait maintenant. Ça n'avait pas le sens commun que cette Tracy leur tombe toute rôtie pour faire tout ce qu'ils avaient rêvé de faire avec Lara dans leurs ébats. Mais qu'est-ce qui relevait du sens commun ? Qu'il fût devenu incapable de monter sur scène ? Qu'il eût été interné dans un hôpital psychiatrique ? Qu'il poursuive une liaison avec une lesbienne qu'il avait connue quand elle tétait sa mère ?

Quand un homme réunit deux femmes, il n'est pas inhabituel que l'une des deux, se sentant négligée à tort ou à raison, se retrouve à pleurer dans un coin de la chambre. D'après la façon dont se déroulaient les choses jusqu'ici, il semblait bien que la personne qui se retrouverait à pleurer dans son coin serait lui. Pourtant, en position d'observateur depuis l'autre côté du lit, il ne se sentait pas douloureusement négligé. Il avait laissé Pegeen s'autodésigner Monsieur Loyal, et il ne participerait que s'il était convoqué. Il regarderait sans intervenir. Pegeen commença par enfiler l'engin, elle ajusta les sangles de cuir et attacha et fixa le gode de façon à ce qu'il fasse saillie. Puis elle s'accroupit au-dessus de Tracy, frôlant de sa bouche ses lèvres et ses mamelons et lui caressant les seins, puis elle descendit un peu et la pénétra doucement avec le gode. Pegeen n'eut pas besoin de forcer pour s'introduire, elle n'eut pas besoin de dire un mot. Il imaginait que si l'une des deux se mettait à parler, ce serait dans une langue qu'il ne reconnaîtrait pas. La verge verte faisait un mouvement de va-et-vient dans le corps nu bien en chair qui s'étalait sous elle, lentement d'abord, puis plus vite et plus fort, puis encore plus fort, et toutes les courbes et tous les creux de Tracy ondulaient à l'unisson. On n'était pas dans le porno soft. Il ne s'agissait plus de deux femmes déshabillées qui se caressent et s'embrassent sur un lit. Cela avait maintenant quelque chose de primitif, cette violence d'une femme sur une autre femme, comme si, dans la chambre envahie d'ombres, Pegeen était un composé magique de chaman, d'acrobate et d'animal. C'était comme si elle portait un masque sur ses parties génitales, un étrange masque totémique, qui faisait d'elle ce qu'elle n'était pas, et qu'elle n'était pas censée être. Elle aurait aussi bien pu être un corbeau ou un coyote, en même temps que Pegeen Mike. Il y avait là quelque chose de dangereux. Axler avait le cœur battant d'excitation : le dieu Pan épiant la scène de loin, de son regard lascif.

Lorsqu'elle regarda dans la direction d'Axler, ce fut en anglais que Pegeen s'exprima. Elle était maintenant allongée sur le dos à côté de Tracy, elle lui passait dans ses longs cheveux le petit chat à neuf queues, et avec ce sourire malicieux qui découvrait ses deux dents de devant, elle dit doucement à Axler : « À toi maintenant. Profane-la. » Elle prit Tracy par l'épaule, chuchota : « Allez, on change de maître », et fit rouler le grand corps chaud de l'étrangère vers celui d'Axler. « Trois enfants se réunirent, dit-il, et décidèrent de monter une pièce. » Là-dessus il démarra son numéro.

Vers minuit, ils reconduisirent Tracy au parking derrière l'auberge où elle avait laissé sa voiture.

« Vous faites ça souvent, tous les deux ? demanda-t-elle, serrée dans les bras de Pegeen, sur la banquette arrière.

— Non, dit Pegeen. Et toi ?

— Absolument jamais.

— Alors qu'est-ce que tu en penses ? demanda Pegeen.

— Je n'arrive pas du tout à penser, j'ai la tête trop pleine à craquer pour penser. Je plane.

— Qu'est-ce qui t'a donné l'audace de te lancer ? lui demanda Pegeen. L'ivresse ?

— Tes vêtements. Ton allure. Je me suis dit : Je n'ai rien à craindre. Dis-moi, lui, c'est l'acteur ? demanda Tracy à Pegeen, comme s'il n'était pas dans la voiture.

— Exact, dit Pegeen.

— C'est ce que m'a dit le barman. Et toi, tu es actrice ?

— À mes heures.

— C'était dingue, dit Tracy.

— Exact », répondit Pegeen, la manipulatrice du chat aux neuf queues, l'experte en godemiché, oh, pas une dilettante, non, celle qui avait été aussi loin qu'on peut aller.

Lorsqu'elles se séparèrent, Tracy embrassa Pegeen avec passion. Avec passion, Pegeen lui rendit son baiser, elle lui caressa les cheveux, lui empoigna les seins et sur le parking derrière l'auberge où ils s'étaient retrouvés, elles restèrent toutes les deux enlacées un moment. Puis Tracy monta dans sa voiture, et avant qu'elle reparte, Axler entendit Pegeen lui dire : « À bientôt. »

Ils repartirent en voiture, la main de Pegeen dans le pantalon d'Axler. « L'odeur, dit-elle, nous l'avons sur nous. » Et Axler se disait : J'ai fait un mauvais calcul. Je n'ai pas bien réfléchi. Il n'était plus le dieu Pan. Loin de là.

Pendant que Pegeen prenait une douche, il resta assis dans la cuisine et prit une tasse de thé comme s'il n'était rien arrivé, comme s'ils venaient de passer à la maison une soirée comme les autres. Le thé, la tasse, la soucoupe, le sucre, la crème : tout répondait à un besoin de routine quotidienne.

« Je veux avoir un enfant. » Il imaginait Pegeen disant ces mots. Il imaginait qu'elle lui dirait, lorsqu'elle descendrait dans la cuisine après sa douche : « Je veux avoir un enfant. » Il imaginait la chose la moins susceptible de se produire, c'est pourquoi il l'imaginait. Il voulait obliger sa propre témérité à rentrer dans un cadre domestique.

« Avec qui ? se voyait-il lui demander.

— Avec toi. Tu es le choix de ma vie.

— Comme ta famille te l'a rappelé avec à-propos, j'approche des soixante-dix ans. Quand l'enfant aura six ans, j'aurai soixante-quinze, soixante-seize ans. Je ne serai peut-être plus ton choix, à ce moment-là. Je serai dans un fauteuil roulant avec ma fichue colonne vertébrale, si je ne suis pas déjà mort.

— Ne pense pas à ma famille, dirait-elle. Je veux que tu sois le père de mon enfant.

— Tu ne vas rien en dire à Asa et Carol ?

— Non, c'est fini, tout ça. Tu avais raison. Louise m'a rendu service avec ce coup de téléphone. Plus de secret. Il faudra qu'ils supportent la réalité telle qu'elle est.

— Et d'où t'est venu ce désir d'être mère d'un enfant ?

— D'être devenue ce que je suis devenue pour toi. »

Il s'imaginait disant : « Qui aurait pu deviner que la soirée prendrait cette tournure ?

— Rien d'étonnant, répondrait-elle. C'est l'étape suivante. Si nous devons continuer, il y a trois choses que je veux. Je veux que tu te fasses opérer du dos. Je veux que tu reprennes ta carrière. Je veux que tu me fasses un enfant.

— Tu veux beaucoup de choses.

— Qui m'a appris à vouloir beaucoup de choses ? dirait-elle. C'est cela ma proposition pour entrer dans la vraie vie. Qu'ai-je d'autre à t'offrir ?

— La chirurgie du dos, c'est très risqué. Les médecins que j'ai vus ont dit que, dans mon cas, ça n'arrangerait rien.

— Tu ne peux pas continuer à souffrir de ce dos bloqué. Tu ne peux pas continuer à boitiller toute ta vie.

— Quant à ma carrière, c'est encore plus douteux.

— Non, dirait-elle, il s'agit d'adopter un plan qui mette fin aux incertitudes. Un plan hardi et à long terme.

— Et voilà, simple comme bonjour, répondrait-il.

— Oui. Le temps est venu pour toi de retrouver de l'audace.

— Je dirais plutôt que le temps est venu pour moi de me montrer prudent. »

Parce qu'en sa compagnie il avait eu l'impression d'une cure de jouvence, qu'il avait tout fait pour croire qu'ayant commencé par lui apporter un verre d'eau et fini par l'exploit des exploits, le changement d'orientation sexuelle, Pegeen pourrait lui apporter une satisfaction durable, il s'efforçait d'avoir des pensées résolument optimistes. Rêvassant, dans sa cuisine, sur la possibilité de se refaire une vie, il s'imaginait allant voir un orthopédiste qui l'enverrait faire une IRM, puis un myélogramme préopératoire, suivi d'une intervention chirurgicale. Entre-temps, il aurait pris contact avec Jerry Oppenheim pour lui dire que si quelqu'un voulait lui proposer un rôle, il était à nouveau disponible. Puis, toujours à la table de la cuisine, se prenant au jeu d'échafauder ces projets tandis que là-haut Pegeen finissait de prendre sa douche, il la voyait donner naissance à un beau bébé le mois même où il débuterait au Guthrie Theater dans le rôle de James Tyrone. Il aurait retrouvé la carte de Vincent Daniels là où il l'avait laissée comme marque-page dans son exemplaire du *Long Voyage vers la nuit.* Il aurait été voir Vincent Daniels avec le texte et ils auraient travaillé ensemble tous les jours jusqu'à ce qu'ils trouvent moyen de lui faire reprendre confiance, si bien que lorsqu'il entrerait en scène au Guthrie le soir de la première, la vieille magie serait à nouveau là, et, à voir les mots s'envoler de sa bouche si naturellement, avec une telle aisance, il saurait que c'était une représentation qui valait bien toutes celles qu'il avait pu donner jusqu'alors. Peut-être en somme que cette longue incapacité, si douloureuse qu'elle eût été, n'était pas ce qui pouvait lui arriver de pire. À nouveau, le public croyait en lui dans tout ce qu'il faisait. Alors qu'auparavant, se trouvant face à ce qui est le plus terrifiant dans le métier d'acteur — dire le texte, arriver à le dire spontanément avec un sentiment d'aisance et de liberté —, il s'était senti nu, sans la protection d'une méthode ou d'un point de vue, à nouveau tout jaillissait d'instinct, et il n'était nul besoin d'autre chose. La mauvaise passe, c'était terminé. Le supplice qu'il s'était infligé, c'était terminé. Il avait repris confiance, le chagrin avait été banni, la peur abominable éliminée. Tout ce qui lui avait échappé était à nouveau en place. Il fallait bien qu'il y ait un commencement à la reconstruction d'une vie et, pour lui, cela avait débuté par le fait de tomber amoureux de Pegeen Stapleford qui, contre toute attente, était exactement la femme qu'il fallait dans un tel rôle.

Il lui semblait que le scénario né dans la cuisine n'était plus la chimère du début, mais une réelle possibilité qui se profilait à l'horizon, à savoir la reconquête de son enthousiasme d'antan, et il se sentait prêt à se battre pour cela, pour le mettre en œuvre et en profiter. Axler retrouvait la détermination qui avait été la sienne lorsque, à l'âge de vingt-deux ans, il était venu à New York pour une audition.

Le lendemain matin, dès que Pegeen fut repartie pour le Vermont, il appela un hôpital à New York et s'enquit d'un médecin qu'il puisse consulter sur les risques génétiques qu'il y avait à faire un enfant, pour un homme de soixante-cinq ans. On l'adressa au secrétariat d'un spécialiste, et un rendez-vous fut fixé pour la semaine suivante. Il ne dit rien de tout cela à Pegeen.

L'hôpital était en haut de Manhattan, et après avoir mis sa voiture dans un garage, il se rendit le cœur battant au cabinet du médecin. On lui donna à remplir les formulaires habituels, puis il fut reçu par un Philippin d'environ trente-cinq ans qui se présenta comme l'assistant du docteur

Wan. Il y avait une pièce avec fenêtre attenante à la salle d'attente, et l'assistant l'y conduisit afin qu'ils puissent être tranquilles. C'était une pièce qui semblait prévue à l'usage des enfants, avec un peu partout des tables basses et des petites chaises, et des dessins d'enfants punaisés au mur. Ils s'assirent tous les deux à l'une des tables, et l'assistant se mit à lui poser des questions sur lui et sa famille, les maladies qu'ils avaient contractées et celles dont ils étaient morts. L'assistant nota les réponses sur une feuille de papier où était imprimé un arbre généalogique vierge. Axler lui dit tout ce qu'il savait, en remontant aussi loin qu'il le pouvait dans la généalogie familiale. Puis l'assistant prit une seconde feuille de papier et lui posa des questions sur la famille de la future mère. Axler put seulement lui dire que les deux parents étaient en vie ; il ne savait rien de leurs antécédents médicaux ni de ceux des tantes, oncles, grands-parents et arrière-grands-parents de Pegeen. L'assistant lui demanda le pays d'origine de cette famille, comme il le lui avait demandé pour la sienne propre. Ayant noté les renseignements, il annonça qu'il les transmettrait au docteur Wan, et qu'une fois que le docteur et lui se seraient entretenus celle-ci viendrait parler à Axler.

Seul dans la pièce, Axler exultait de constater le retour de ses forces et de son élan vital, le reflux de son humiliation et la fin de son éclipse. On n'était plus dans le rêve ; le processus de renaissance de Simon Axler était amorcé. Et comme par un heureux hasard, justement dans cette pièce pleine de meubles pour enfants. Les meubles en miniature lui rappelaient les séances d'art-thérapie à Hammerton, quand on avait donné à Sybil Van Buren et à lui-même des pastels et du papier afin de faire des dessins pour la thérapeute. Il se rappelait comment il s'était docilement mis à crayonner avec les pastels comme le petit garçon qu'il avait été au jardin d'enfants. Il se rappelait les conséquences mortifiantes de son séjour à Hammerton, comment il avait perdu la moindre trace de confiance. Il se rappelait comment il n'avait rien trouvé d'autre, pour sortir d'un sentiment envahissant de défaite et de peur, que d'écouter, dans la salle de loisirs après le dîner, les conversations et les récits de ceux, parmi les patients, qui se remémoraient avec complaisance leurs tentatives de suicide. Et pourtant il était là aujourd'hui, géant pataud au milieu de ces petites tables et de ces petites chaises, il ne faisait plus qu'un avec l'acteur, il avait conscience de tout ce qu'il avait accompli par le passé et il était convaincu que la vie pouvait reprendre.

Le docteur Wan était une jeune femme petite et mince qui expliqua qu'elle aurait besoin, bien sûr, de connaître les antécédents de Pegeen, mais qu'elle pouvait au moins déjà le rassurer sur les risques d'anomalies de la descendance d'un père vieillissant. Elle lui dit que même si l'âge idéal pour procréer, chez un homme, était entre vingt et trente ans, et même si le risque de transmettre un génome fragile ou des troubles du développement tels que l'autisme s'accroissait de façon significative après quarante ans, et même si les hommes d'un certain âge avaient plus souvent un sperme présentant une altération de l'ADN que les hommes plus jeunes, les chances d'avoir un enfant exempt d'anomalies n'étaient pas mauvaises pour un homme de son âge en bon état général ; de plus, certaines anomalies pouvaient être détectées au cours de la grossesse. « Les cellules testiculaires qui donnent naissance au sperme se divisent tous les seize jours », lui expliqua le docteur Wan, lui faisant face de l'autre côté de la petite table. « Cela veut dire que lorsqu'on atteint cinquante ans, les cellules se sont divisées environ huit cents fois. Et avec chacune de ces divisions, les chances d'erreur dans l'ADN du sperme augmentent. » Une fois que Pegeen lui aurait procuré l'autre moitié des antécédents, elle serait en mesure d'évaluer de façon plus complète leur situation et d'étudier le problème avec eux s'ils désiraient poursuivre leur projet. Elle donna sa carte à Axler, avec une brochure qui expliquait en détail la nature des anomalies, et les risques en jeu. Elle lui expliqua aussi qu'à son âge le taux de fertilité pouvait avoir baissé ; et donc, à sa demande, elle lui indiqua un laboratoire où il pourrait se faire faire un spermogramme. De cette façon, ils pourraient savoir si la conception risquait de s'avérer difficile. « Il peut y avoir un problème, lui expliqua-t-elle, de concentration, de mobilité, ou de morphologie des spermatozoïdes.

— Je comprends », dit-il, et dans un mouvement spontané d'infinie gratitude, il étendit le bras pour serrer sa main dans la sienne. Le docteur Wan lui sourit comme si elle était la plus âgée des deux et lui dit : « Appelez-moi si vous avez des questions. »

De retour chez lui, il ressentit une envie irrésistible d'appeler Pegeen pour lui parler de l'idée formidable qui s'était emparée de lui, et de ce qu'il avait été amené à faire. Mais il faudrait que cette conversation attende qu'ils se retrouvent au prochain week-end, afin de pouvoir consacrer des heures à en parler. Seul dans son lit ce soir-là, il lut la brochure que le docteur Wan lui avait donnée. « Il faut du sperme sain pour faire un bébé sain… Environ deux à trois pour cent de tous les bébés naissent avec une malformation grave… Une corrélation a été établie entre plus de vingt maladies génétiques rares mais redoutables et l'âge avancé du père… Plus un homme est âgé au moment de la conception, plus sa partenaire court un risque de fausse couche… Les pères âgés ont plus de chances d'avoir des enfants autistes, schizophrènes, ou trisomiques… » Il lut la brochure en entier, puis la relut, et même si les informations qu'elle contenait donnaient à réfléchir, ce qu'il lut ne le détourna en rien de son projet. Au contraire, trop excité pour dormir, enivré par l'idée que quelque chose de merveilleux était en train de se produire, il descendit dans le living-room et mit de la musique, ce qui renforça encore son état d'exaltation. Non seulement il ressentait une confiance en soi comme il n'en avait plus connue depuis des années, mais il faisait aussi l'expérience de ce pressant désir d'enfant qu'on a tendance à associer aux femmes plutôt qu'aux hommes. Sa liaison avec Pegeen lui paraissait ne plus rien avoir de problématique. Il fallait qu'elle l'accompagne chez le docteur Wan. Une fois que toutes les informations seraient rassemblées et exposées au grand jour, ils pourraient tous les deux décider en toute connaissance de cause de la suite à donner.

Il avait prévu de lancer la conversation après le dîner, le vendredi soir. Mais lorsque Pegeen arriva pour le week-end en fin d'après-midi, ce vendredi, elle alla dans son bureau avec un gros paquet de copies à corriger, et lui confia la préparation du dîner. Après le repas, elle retourna dans son bureau pour corriger d'autres copies. Il se dit : mieux vaut la laisser terminer maintenant. Ensuite on aura le week-end pour parler.

Au lit, dans le noir, deux semaines jour pour jour après la soirée avec Tracy, lorsqu'il commença à l'embrasser et à la caresser, elle s'écarta et dit : « Je ne suis pas d'humeur à ça ce soir.

— D'accord », dit-il, et n'ayant pas réussi à la faire réagir à ses avances, il se retourna sur le côté mais sans lâcher sa main, qu'il continua à tenir dans la sienne, une main qui n'arrivait pas à renoncer à son désir de contact, jusqu'à ce qu'elle se soit endormie. Quand il se réveilla au milieu de la nuit, il se posa la question : Qu'est-ce que ça signifiait, qu'elle n'ait pas été d'humeur à ça ? Pourquoi, depuis le moment où elle était arrivée, avait-elle montré une telle réticence à être près de lui ?

Il eut la réponse dès le lendemain matin, avant même d'avoir pu lui parler de son rendez-vous avec le docteur Wan, de tout ce qui avait conduit à ce rendez-vous, et de tout ce que cela impliquait virtuellement pour leur avenir. Il découvrit qu'en allant voir le docteur Wan, alors qu'il croyait avoir pris ses précautions pour éviter d'agir de façon irréfléchie, il s'était enfoncé encore un peu plus dans un monde irréel.

« C'est fini », annonça Pegeen à Axler au petit déjeuner. Ils étaient assis face à face sur les mêmes chaises que lorsque, des mois plus tôt, elle lui avait dit qu'ils avaient déjà pris le risque.

« Qu'est-ce qui est fini ?

— Ça.

— Mais pourquoi ?

— Ce n'est pas ça que je veux. Je me suis trompée. »

Ainsi commença la fin, de but en blanc, et elle se conclut une demi-heure plus tard avec Pegeen devant la porte d'entrée tenant à la main son sac de week-end bourré et Axler en larmes. C'était l'antithèse même de ce qu'il avait envisagé deux semaines plus tôt, cette nuit-là, dans la cuisine. L'antithèse même de ce qu'il avait envisagé quand il était allé voir le docteur Wan. Tout ce qu'il aurait voulu, elle le lui interdisait!

Et voilà qu'elle pleurait elle aussi; ce n'était pas aussi facile de partir qu'elle l'avait cru tout d'abord, à la table de la cuisine. Mais elle n'en démordait pas, et il avait beau pleurer, elle ne disait pas un mot. Le spectacle qu'elle donnait, là, devant la porte, avec son ancienne veste rouge de garçon à fermeture Éclair, son sac de week-end à la main, était éloquent : c'était le genre d'épreuve qu'elle pouvait supporter. Elle n'allait pas rester prendre une tasse de café avec lui et avoir une conversation à cœur ouvert qui conduirait à un rapprochement. Elle voulait seulement se libérer de lui et satisfaire le vœu humain si banal de reprendre sa route pour tenter autre chose.

«Tu ne peux pas tout annuler», s'écria-t-il avec colère. Et là-dessus Pegeen, la plus forte des deux, ouvrit la porte.

Elle finit par parler, en sanglotant : «J'ai essayé d'être parfaite pour toi.

— Qu'est-ce que ça veut dire, bon Dieu? Est-ce qu'il a jamais été question de perfection? "Je ne supporterais pas de te perdre. J'aime ça et je ne veux pas que ça s'arrête." J'ai été assez idiot pour croire à ce que tu disais. J'ai été assez idiot pour croire que ce que tu faisais, c'était ce que tu voulais faire.

— C'était ce que je voulais faire. Je voulais tellement voir si je pouvais le faire.

— En somme, du début jusqu'à la fin, ça a été pour toi une expérience. Une aventure de plus pour Pegeen Mike — comme de draguer une lanceuse de l'équipe de softball.

— Je ne peux plus servir de palliatif à tes problèmes de carrière.

— Ah, ne me sors pas ça, c'est honteux !

— Mais c'est vrai ! Je suis pour toi un succédané. Je suis censée servir de compensation.

— C'est la plus grande connerie que j'ai entendue de ma vie. Et tu le sais. Va-t'en, Pegeen ! Si c'est ça ta justification, va-t'en ! "Nous avons pris le risque." C'est moi qui ai pris le risque ! Tu as juste dit ce que tu croyais que je voulais entendre pour obtenir ce que tu voulais, aussi longtemps que tu l'as voulu.

— Ce n'est pas ce que j'ai fait ! s'écria-t-elle.

— C'est Tracy, c'est ça ?

— Ça, quoi ?

— Tu me laisses tomber pour Tracy !

— Non, Simon, je te jure.

— Ce n'est pas parce que je n'ai pas de travail que tu me quittes. Tu me quittes pour cette fille ! Tu vas retrouver cette fille.

— Ce que je vais faire, ça me regarde. Mais laisse-moi partir, s'il te plaît !

— Qui te retient ? Pas moi ! Sûrement pas ! » Il montra du doigt le sac de week-end dans lequel elle avait entassé tous les nouveaux vêtements accrochés dans les penderies ou pliés dans les tiroirs du bureau. «Tu as emballé tes accessoires érotiques ? Tu n'as pas oublié ton harnais ? »

Elle ne répondit pas, mais fut envahie par une vague de haine, du moins c'est ainsi qu'il interpréta le regard que lancèrent ses yeux.

« Oui, dit-il, remballe tes ustensiles et va-t'en. Tes parents vont pouvoir dormir tranquilles, tu n'es plus avec un vieillard. Il n'y a plus d'intrus entre ton père et toi. Te voilà débarrassée de ton handicap. Plus d'admonestations familiales. Retour sans encombre à la case départ. Bon. En route pour la prochaine étape. De toute manière, je n'ai jamais été de taille. »

Un homme rencontre bien des pièges sur son chemin, et Pegeen était pour lui le dernier. Il avait foncé tête baissée et mordu à l'hameçon, pieds et poings liés comme nul autre sur terre. Ça ne pouvait pas se terminer autrement, et pourtant il était le dernier à l'avoir su. Improbable ? Non, prévisible. Abandonné au bout de tout ce temps ? Apparemment un temps plus court pour elle que pour lui. Tout ce qu'il y avait d'enchanteur chez elle avait disparu, et pendant le temps qu'il lui avait fallu pour dire : « C'est fini », il s'était retrouvé condamné à son trou avec les six petits bouts de bois, seul et vidé de tout désir de vivre.

Elle partit dans sa voiture, et l'effondrement se produisit en moins de cinq minutes, cet effondrement dû à une chute qu'il avait provoquée lui-même et dont il n'arriverait pas à se remettre.

Il monta au grenier et y resta prostré pendant une journée entière et une partie de la nuit, se préparant à appuyer sur la détente de son fusil de chasse, et également prêt, par intermittence, à se précipiter dans l'escalier pour réveiller Jerry Oppenheim chez lui, prêt à appeler Hammerton pour parler à son médecin, prêt à faire le numéro d'appel d'urgence.

Et à une douzaine d'autres moments de la journée, prêt à appeler Lansing et à dire à Asa qu'il était un vrai salaud d'avoir retourné Pegeen contre lui. C'était ce qui s'était passé, il en était persuadé. Pegeen avait eu bien raison, tout au long de leur liaison, de ne pas vouloir en parler à ses parents. « Parce qu'ils te connaissent depuis si longtemps », lui avait-elle expliqué, lorsqu'il lui avait demandé pourquoi elle préférait garder le secret. « Parce que vous avez tous le même âge. » S'il était allé dans le Michigan lorsqu'il avait proposé à Pegeen de s'y rendre pour parler à Asa, il aurait peut-être eu une chance d'avoir gain de cause. Mais appeler Asa maintenant ne servirait à rien. Pegeen était partie. Partie retrouver Tracy. Retrouver Lara. Retrouver la lanceuse à la queue de cheval. Où qu'elle fût, il n'avait plus à se soucier des risques génétiques qu'il y avait à procréer pour un homme vieillissant dont les cellules testiculaires s'étaient déjà divisées plus de huit cents fois.

Quand ce fut l'heure du dîner, il n'arriva plus

à se retenir et, prenant le fusil avec lui, il descendit du grenier pour téléphoner.

C'est Carol qui répondit.

«Ici Simon Axler.

— Ah, mais oui. Salut Simon.

— Je voudrais parler à Asa.» Sa voix tremblait et son cœur battait plus vite. Il dut s'asseoir sur une chaise de la cuisine pour continuer. Cela ressemblait beaucoup à ce qu'il avait ressenti à Washington la dernière fois qu'il avait tenté de monter sur scène. Et pourtant, rien de tout cela ne serait en train de se passer si Louise Renner n'avait pas donné à minuit ce coup de téléphone de représailles pour mettre les Stapleford au courant de la liaison que leur fille avait avec lui.

«Tu vas bien? demanda Carol.

— Pas vraiment. Pegeen m'a quitté. Je voudrais parler à Asa.

— Asa est encore au théâtre. Tu peux essayer de l'appeler là-bas à son bureau.

— Passe-le-moi, Carol.

— Je viens de te le dire, il n'est pas encore rentré.

— Alors, ça n'est pas une nouvelle formidable? Quel soulagement, non? Vous n'avez plus à vous tracasser à l'idée que votre fille se soumet aux desiderata d'un vieil homme affaibli. Ni à vous tracasser à l'idée qu'il faudra qu'elle serve de garde à un fou et de nurse à un infirme. Mais je ne vous apprends rien que vous ne sachiez déjà, je ne vous apprends rien que vous n'ayez pas contribué à faire advenir.

— Ce que tu me dis, c'est que Pegeen n'est plus avec toi ?

— Passe-moi Asa. »

Il y eut un silence, puis, avec un calme parfait bien différent de son attitude à lui, Carol dit : « Tu peux essayer de joindre Asa à son bureau. Je vais te donner le numéro, tu peux l'appeler là-bas. »

À ce stade, il ne savait pas, pas plus que lorsqu'il avait décidé d'appeler, s'il avait raison ou s'il avait tort de faire ce qu'il faisait, si c'était un aveu de faiblesse ou une preuve de force. Il déposa le fusil sur la table de la cuisine et nota le numéro que Carol lui donnait, puis il raccrocha sans ajouter un mot. S'il s'agissait d'un rôle dans une pièce, comment l'interpréterait-il ? Comment jouerait-il le coup de téléphone ? D'une voix tremblante ou d'une voix ferme ? Avec esprit ou férocité, résignation ou colère ? Il savait aussi peu comment s'y prendre pour jouer l'amant âgé quitté par une maîtresse qui a vingt-cinq ans de moins que lui qu'il n'avait su comment s'y prendre pour jouer Macbeth. Est-ce qu'il n'aurait pas dû se faire sauter la cervelle pendant que Carol l'écoutait à l'autre bout du fil ? Est-ce que ça n'aurait pas été la meilleure interprétation ?

Il pouvait s'arrêter là, bien sûr. Il pouvait tout de suite arrêter cette folie. Il n'allait pas récupérer Pegeen en faisant le numéro d'Asa ; pourtant il le fit. Il n'essayait pas de la récupérer. Il n'y avait aucun espoir de ce côté-là. Non, mais il refusait tout simplement de se laisser manipuler et berner par un acteur médiocre qui dirigeait, avec l'actrice médiocre qui était sa femme, un théâtre régional dans un trou perdu. Les Stapleford n'avaient pas réussi au théâtre à New York, ils n'avaient pas réussi au cinéma en Californie, alors ils faisaient, soi-disant, de l'art dramatique de haute volée, loin des corruptions du monde commercial. Non, il n'allait pas laisser ces deux tocards avoir le dessus. Il ne serait pas le soupirant dont les parents de Pegeen avaient triomphé.

Au bout d'une seule sonnerie, Asa décrocha et dit allô.

« Et à quoi ça vous a servi, commença Axler écumant, criant à pleine voix sa rancune, de la retourner contre moi ? Déjà, vous ne supportiez pas qu'elle soit lesbienne. C'est ce qu'elle m'a dit, ni Carol ni toi n'encaissiez ça. Quand elle vous l'a dit, ça vous a fait un coup. Eh bien avec moi, elle avait laissé tomber tout ça, avec moi elle s'était ouverte à un nouveau mode de vie, et elle était heureuse ! Vous ne nous avez jamais vus ensemble. Pegeen et moi nous étions heu-reux ! Mais au lieu de m'être reconnaissants, vous la persuadez de se tirer. Même le fait qu'elle redevienne une lesbienne vous paraissait préférable au fait de rester avec moi ! Pourquoi ? Pourquoi ? Explique-moi ça, s'il te plaît.

— D'abord, Simon, il faut que tu te calmes. Je refuse d'écouter une tirade.

— Est-ce que c'est depuis le début que tu n'aimes pas que j'aie des femmes dans ma vie ?

Est-ce que c'est de l'envie de ta part, Asa, ou de la vengeance, peut-être, ou de la jalousie ? Quel tort est-ce que je lui ai fait ? J'ai soixante-six ans, je suis sans travail, ma colonne vertébrale est en mauvais état : qu'est-ce que tout ça a d'horrifiant ? En quoi est-ce que ça représente un danger pour ta fille ? Est-ce que ça m'a empêché de lui offrir tout ce qu'elle voulait ? J'ai donné à Pegeen tout ce que je pouvais lui donner ! J'ai essayé de la satisfaire par tous les moyens possibles !

— J'en suis certain. Elle nous l'a dit, à Carol et à moi. Personne ne pourrait t'accuser d'avoir manqué de générosité, personne ne l'a fait.

— Tu sais qu'elle m'a quitté ?

— Maintenant, oui.

— Avant, tu ne le savais pas ?

— Non.

— Je ne te crois pas, Asa.

— Pegeen fait ce qu'elle veut. Elle a fait ça toute sa vie.

— Pegeen a fait ce que tu voulais qu'elle fasse.

— Il est parfaitement de mon droit, en tant que père, de m'inquiéter du sort de ma fille et de lui donner des conseils. Ce serait de la négligence de ma part que de ne pas le faire.

— Mais comment pouvais-tu "donner des conseils", alors que tu ne savais rien de ce qui se passait entre nous ? Tout ce que tu avais dans la tête, c'était une vision de moi, avec toute ma renommée, toute ma réussite, qui te volait ce qui t'appartenait de droit ! Ce n'était pas de jeu, n'est-ce pas, Asa, qu'en plus j'aie Pegeen ! »

N'aurait-il pas dû prononcer cette phrase sur un ton comique plutôt que de la déclamer sur le ton de la colère ? N'aurait-il pas dû se montrer froidement sarcastique, comme s'il s'agissait d'une exagération délibérément agaçante, plutôt que comme une façon de sonder les sentiments d'Asa ? Allez, joue la scène comme tu veux, se dit Axler. Sans doute que, même sans que tu le saches, tu es comique.

Bien contre son gré, il se retrouvait à nouveau en larmes, pleurant tout à la fois de honte, de chagrin et de colère mêlés. Il raccrocha donc, interrompant ce coup de téléphone que, pour commencer, il n'aurait jamais dû donner. Parce que c'était lui, en fin de compte, qui était responsable de ce qui s'était passé. Oui, il avait essayé de la satisfaire par tous les moyens possibles, ce qui fait que, stupidement, il avait introduit Tracy dans leur vie et qu'il avait tout fichu en l'air. Mais aussi, comment aurait-il pu deviner une chose pareille ? Tracy faisait partie d'un jeu, ce genre de jeu sexuel divertissant auquel s'adonnent des tas de couples pour mettre du piquant dans leur vie. Comment pouvait-il prévoir que de lever une fille dans un bar aurait pour conséquence de lui faire perdre Pegeen pour de bon ? Quelqu'un de plus malin se serait-il méfié ? Ou était-ce la suite de ses déboires intervenus lorsqu'il avait joué Prospero et Macbeth pour la dernière fois ? Est-ce que sa propre stupidité était cause de tout cela, ou était-ce juste sa façon de s'enfoncer chaque fois un peu plus profond jusqu'à l'issue fatale ?

Et puis qui était cette Tracy ? La nouvelle vendeuse d'un magasin d'antiquités à la campagne. Une fille qui se saoule toute seule à l'auberge du coin. Qui était-elle, comparée à lui ? C'était impossible ! Comment pouvait-il être rejeté pour une Tracy ? Comment pouvait-il être vaincu par Asa ? Pegeen le quittait-elle pour Tracy parce que, inconsciemment, cela rejetait la petite fille dans les bras de son papa ? Supposons qu'elle ne l'ait pas quitté pour Tracy. Ni quitté à cause des remontrances de sa famille. En ce cas, comment était-il devenu objet de répulsion ? Pourquoi était-il soudain tabou ?

Il transporta le fusil dans le bureau de Pegeen et resta là à regarder la pièce dont elle avait arraché le papier peint de Victoria et qu'elle avait peinte couleur pêche, cette pièce dont elle avait pris possession, tout comme il l'avait invitée à prendre possession de lui, sans aucune réserve. Il réprima une envie de tirer une balle dans le dos du fauteuil de son bureau ; au lieu de quoi, il s'y assit. Il s'aperçut pour la première fois que tous les livres qu'elle avait amenés de chez elle avaient été enlevés de la bibliothèque à côté du bureau. Quand avait-elle vidé ces étagères ? À quand remontait la décision de le quitter ? L'avait-elle prise dès le début, au moment même où elle décollait le papier ?

Cette fois il réprima une envie de tirer une balle dans la bibliothèque. Il se contenta de passer la main sur les étagères vides qui avaient abrité ses livres, et tenta en vain de se demander en quoi il aurait pu s'y prendre autrement, pendant tous ces mois, pour lui donner envie de rester.

Au bout d'un laps de temps qui dut durer au moins une heure, il décida qu'il ne voulait pas qu'on le trouve mort dans le bureau de Pegeen, dans le fauteuil de Pegeen. Pegeen n'était pas la coupable. Les échecs étaient de son fait, comme l'était la déconcertante biographie sur laquelle il se trouvait empalé.

Lorsque, longtemps après avoir appelé Asa, aux environs de minuit — s'étant retiré au grenier plusieurs heures plus tôt —, il se trouva incapable d'appuyer sur la détente, même après avoir été jusqu'à enfoncer le canon du fusil dans sa bouche, il évoqua, pour se donner du courage, le souvenir de la petite Sybil Van Buren, cette banale femme au foyer d'une banlieue résidentielle pesant moins de quarante-cinq kilos, qui était allée jusqu'au bout de ce qu'elle avait entrepris, qui avait endossé le rôle macabre de meurtrière, avec succès. Oui, se dit-il, si elle est arrivée à trouver en elle les ressources pour faire quelque chose d'aussi terrible au mari qui était son démon, je devrais au moins être capable de m'infliger ça à moi-même. Il se représentait les nerfs d'acier qu'il lui avait fallu pour mener son projet jusqu'à sa fin violente ; la folie impitoyable qu'elle avait mobilisée pour laisser deux jeunes enfants à la maison, rouler avec une seule idée en tête jusqu'à la maison de l'ex-mari, monter les marches du perron, sonner, pointer le fusil et, lorsqu'il avait ouvert la porte, tirer deux coups, sans hésiter, à bout portant. Si elle a pu le faire, je peux le faire.

Sybil Van Buren devint le point de référence du courage. Il se répétait la formule qui le poussait à l'action, comme si quelques mots tout simples pouvaient l'amener à accomplir la plus irréelle des choses : *Si elle a pu le faire, je peux le faire, si elle a pu le faire*… jusqu'à ce que, finalement, il lui vienne à l'idée de se raconter qu'il se suicidait au théâtre. Dans une pièce de Tchekhov. Quoi de plus approprié ? Cela constituerait son retour sur la scène, et petit être faible qu'il était, risible, humilié, incarnation de treize mois d'erreur d'une lesbienne, il lui faudrait tout son talent pour mener la chose à bien. Afin de réussir pour la toute dernière fois à rendre réel l'imaginaire, il faudrait qu'il se raconte que le grenier était un théâtre et qu'il était Konstantin Gavrilovitch Treplev dans la dernière scène de *La Mouette*. Vers vingt-cinq ans, lorsque, prodige théâtral, il réussissait tout ce qu'il entreprenait et obtenait tout ce qu'il désirait, il avait joué le rôle, dans Tchekhov, du jeune écrivain ambitieux qui a le sentiment qu'il échoue dans tout ce qu'il tente, et se désespère de tout rater dans son travail et en amour. C'était dans une mise en scène de *La Mouette* par l'Actors Studio à Broadway, et ce fut son premier grand succès à New York, succès qui fit de lui le jeune acteur le plus prometteur de la saison, plein d'assurance et conscient de sa singularité, et qui mena finalement à une succession d'événements imprévisibles.

Si elle a pu le faire, je peux le faire.

Il y avait une note de dix mots qu'on trouva à ses côtés lorsque le corps fut découvert quelques jours plus tard sur le plancher du grenier par la femme de ménage. « Il faut vous dire que Konstantin Gavrilovitch s'est tué. » C'était la dernière phrase de *La Mouette*. Il avait réussi son geste, lui, la star reconnue, dont on avait jadis salué de tous côtés la puissance de jeu et qui, du temps de sa gloire, attirait au théâtre une affluence de spectateurs.

1. Dispersés dans l'air léger 11
2. La transformation 51
3. Le dernier acte 95

DU MÊME AUTEUR

Aux Éditions Gallimard

GOODBYE, COLUMBUS (Folio n° 1185)

LAISSER COURIR (Folio n° 1477 et 1478)

PORTNOY ET SON COMPLEXE (Folio n° 470)

QUAND ELLE ÉTAIT GENTILLE (Folio n° 1679)

TRICARD DIXON ET SES COPAINS

LE SEIN (Folio n° 1607)

MA VIE D'HOMME (Folio n° 1355)

DU CÔTÉ DE PORTNOY ET AUTRES ESSAIS

PROFESSEUR DE DÉSIR (Folio n° 1422)

LE GRAND ROMAN AMÉRICAIN

L'ÉCRIVAIN DES OMBRES (repris en Folio n° 1877 sous le titre L'ÉCRIVAIN FANTÔME qui figure dans ZUCKERMAN ENCHAÎNÉ avec ZUCKERMAN DÉLIVRÉ, LA LEÇON D'ANATOMIE et ÉPILOGUE : L'ORGIE DE PRAGUE)

ZUCKERMAN DÉLIVRÉ

LA LEÇON D'ANATOMIE

LA CONTREVIE. Nouvelle traduction, 2004 (Folio n° 4382)

LES FAITS

PATRIMOINE (Folio n° 2653)

TROMPERIE (Folio n° 2803)

OPÉRATION SHYLOCK (Folio n° 2937)

LE THÉÂTRE DE SABBATH (Folio n° 3072)

PASTORALE AMÉRICAINE (Folio n° 3533)

L'HABIT NE FAIT PAS LE MOINE, *précédé de* DÉFENSEUR DE LA FOI, *textes extraits de* GOODBYE, COLUMBUS (Folio 2 € n° 3630)

J'AI ÉPOUSÉ UN COMMUNISTE (Folio n° 3948)

LA TACHE (Folio n° 4000)

LA BÊTE QUI MEURT (Folio n° 4336)

PARLONS TRAVAIL (Folio n° 4461)

LE COMPLOT CONTRE L'AMÉRIQUE (Folio n° 4637)

UN HOMME (Folio n° 4860)

EXIT LE FANTÔME (Folio n° 5252)

INDIGNATION (Folio n° 5395)

LE RABAISSEMENT (Folio n° 5544)

COLLECTION FOLIO

Dernières parutions

5170. Léon Tolstoï	*Le Diable*
5171. J.G. Ballard	*La vie et rien d'autre*
5172. Sebastian Barry	*Le testament caché*
5173. Blaise Cendrars	*Dan Yack*
5174. Philippe Delerm	*Quelque chose en lui de Bartleby*
5175. Dave Eggers	*Le grand Quoi*
5176. Jean-Louis Ezine	*Les taiseux*
5177. David Foenkinos	*La délicatesse*
5178. Yannick Haenel	*Jan Karski*
5179. Carol Ann Lee	*La rafale des tambours*
5180. Grégoire Polet	*Chucho*
5181. J.-H. Rosny Aîné	*La guerre du feu*
5182. Philippe Sollers	*Les Voyageurs du Temps*
5183. Stendhal	*Aux âmes sensibles*
5184. Alexandre Dumas	*La main droite du sire de Giac* et autres nouvelles
5185. Edith Wharton	*Le miroir* suivi de *Miss Mary Pask*
5186. Antoine Audouard	*L'Arabe*
5187. Gerbrand Bakker	*Là-haut, tout est calme*
5188. David Boratav	*Murmures à Beyoğlu*
5189. Bernard Chapuis	*Le rêve entouré d'eau*
5190. Robert Cohen	*Ici et maintenant*
5191. Ananda Devi	*Le sari vert*
5192. Pierre Dubois	*Comptines assassines*
5193. Pierre Michon	*Les Onze*
5194. Orhan Pamuk	*D'autres couleurs*
5195. Noëlle Revaz	*Efina*
5196. Salman Rushdie	*La terre sous ses pieds*
5197. Anne Wiazemsky	*Mon enfant de Berlin*

5198.	Martin Winckler	*Le Chœur des femmes*
5199.	Marie NDiaye	*Trois femmes puissantes*
5200.	Gwenaëlle Aubry	*Personne*
5201.	Gwenaëlle Aubry	*L'isolée* suivi de *L'isolement*
5202.	Karen Blixen	*Les fils de rois* et autres contes
5203.	Alain Blottière	*Le tombeau de Tommy*
5204.	Christian Bobin	*Les ruines du ciel*
5205.	Roberto Bolaño	*2666*
5206.	Daniel Cordier	*Alias Caracalla*
5207.	Erri De Luca	*Tu, mio*
5208.	Jens Christian Grøndahl	*Les mains rouges*
5209.	Hédi Kaddour	*Savoir-vivre*
5210.	Laurence Plazenet	*La blessure et la soif*
5211.	Charles Ferdinand Ramuz	*La beauté sur la terre*
5212.	Jón Kalman Stefánsson	*Entre ciel et terre*
5213.	Mikhaïl Boulgakov	*Le Maître et Marguerite*
5214.	Jane Austen	*Persuasion*
5215.	François Beaune	*Un homme louche*
5216.	Sophie Chauveau	*Diderot, le génie débraillé*
5217.	Marie Darrieussecq	*Rapport de police*
5218.	Michel Déon	*Lettres de château*
5219.	Michel Déon	*Nouvelles complètes*
5220.	Paula Fox	*Les enfants de la veuve*
5221.	Franz-Olivier Giesbert	*Un très grand amour*
5222.	Marie-Hélène Lafon	*L'Annonce*
5223.	Philippe Le Guillou	*Le bateau Brume*
5224.	Patrick Rambaud	*Comment se tuer sans en avoir l'air*
5225.	Meir Shalev	*Ma Bible est une autre Bible*
5226.	Meir Shalev	*Le pigeon voyageur*
5227.	Antonio Tabucchi	*La tête perdue de Damasceno Monteiro*
5228.	Sempé-Goscinny	*Le Petit Nicolas et ses voisins*
5229.	Alphonse de Lamartine	*Raphaël*

5230.	Alphonse de Lamartine	*Voyage en Orient*
5231.	Théophile Gautier	*La cafetière* et autres contes fantastiques
5232.	Claire Messud	*Les Chasseurs*
5233.	Dave Eggers	*Du haut de la montagne, une longue descente*
5234.	Gustave Flaubert	*Un parfum à sentir ou Les Baladins* suivi de *Passion et vertu*
5235.	Carlos Fuentes	*En bonne compagnie* suivi de *La chatte de ma mère*
5236.	Ernest Hemingway	*Une drôle de traversée*
5237.	Alona Kimhi	*Journal de Berlin*
5238.	Lucrèce	*«L'esprit et l'âme se tiennent étroitement unis»*
5239.	Kenzaburô Ôé	*Seventeen*
5240.	P.G. Wodehouse	*Une partie mixte à trois* et autres nouvelles du green
5241.	Melvin Burgess	*Lady*
5242.	Anne Cherian	*Une bonne épouse indienne*
5244.	Nicolas Fargues	*Le roman de l'été*
5245.	Olivier Germain-Thomas	*La tentation des Indes*
5246.	Joseph Kessel	*Hong-Kong et Macao*
5247.	Albert Memmi	*La libération du Juif*
5248.	Dan O'Brien	*Rites d'automne*
5249.	Redmond O'Hanlon	*Atlantique Nord*
5250.	Arto Paasilinna	*Sang chaud, nerfs d'acier*
5251.	Pierre Péju	*La Diagonale du vide*
5252.	Philip Roth	*Exit le fantôme*
5253.	Hunter S. Thompson	*Hell's Angels*
5254.	Raymond Queneau	*Connaissez-vous Paris?*
5255.	Antoni Casas Ros	*Enigma*
5256.	Louis-Ferdinand Céline	*Lettres à la N.R.F.*
5257.	Marlena de Blasi	*Mille jours à Venise*
5258.	Éric Fottorino	*Je pars demain*
5259.	Ernest Hemingway	*Îles à la dérive*

5260. Gilles Leroy — *Zola Jackson*
5261. Amos Oz — *La boîte noire*
5262. Pascal Quignard — *La barque silencieuse (Dernier royaume, VI)*
5263. Salman Rushdie — *Est, Ouest*
5264. Alix de Saint-André — *En avant, route !*
5265. Gilbert Sinoué — *Le dernier pharaon*
5266. Tom Wolfe — *Sam et Charlie vont en bateau*
5267. Tracy Chevalier — *Prodigieuses créatures*
5268. Yasushi Inoué — *Kôsaku*
5269. Théophile Gautier — *Histoire du Romantisme*
5270. Pierre Charras — *Le requiem de Franz*
5271. Serge Mestre — *La Lumière et l'Oubli*
5272. Emmanuelle Pagano — *L'absence d'oiseaux d'eau*
5273. Lucien Suel — *La patience de Mauricette*
5274. Jean-Noël Pancrazi — *Montecristi*
5275. Mohammed Aïssaoui — *L'affaire de l'esclave Furcy*
5276. Thomas Bernhard — *Mes prix littéraires*
5277. Arnaud Cathrine — *Le journal intime de Benjamin Lorca*
5278. Herman Melville — *Mardi*
5279. Catherine Cusset — *New York, journal d'un cycle*
5280. Didier Daeninckx — *Galadio*
5281. Valentine Goby — *Des corps en silence*
5282. Sempé-Goscinny — *La rentrée du Petit Nicolas*
5283. Jens Christian Grøndahl — *Silence en octobre*
5284. Alain Jaubert — *D'Alice à Frankenstein (Lumière de l'image, 2)*
5285. Jean Molla — *Sobibor*
5286. Irène Némirovsky — *Le malentendu*
5287. Chuck Palahniuk — *Pygmy* (à paraître)
5288. J.-B. Pontalis — *En marge des nuits*
5289. Jean-Christophe Rufin — *Katiba*
5290. Jean-Jacques Bernard — *Petit éloge du cinéma d'aujourd'hui*
5291. Jean-Michel Delacomptée — *Petit éloge des amoureux du silence*

5292. Mathieu Terence	*Petit éloge de la joie*
5293. Vincent Wackenheim	*Petit éloge de la première fois*
5294. Richard Bausch	*Téléphone rose* et autres nouvelles
5295. Collectif	*Ne nous fâchons pas! Ou L'art de se disputer au théâtre*
5296. Collectif	*Fiasco! Des écrivains en scène*
5297. Miguel de Unamuno	*Des yeux pour voir*
5298. Jules Verne	*Une fantaisie du docteur Ox*
5299. Robert Charles Wilson	*YFL-500*
5300. Nelly Alard	*Le crieur de nuit*
5301. Alan Bennett	*La mise à nu des époux Ransome*
5302. Erri De Luca	*Acide, Arc-en-ciel*
5303. Philippe Djian	*Incidences*
5304. Annie Ernaux	*L'écriture comme un couteau*
5305. Élisabeth Filhol	*La Centrale*
5306. Tristan Garcia	*Mémoires de la Jungle*
5307. Kazuo Ishiguro	*Nocturnes. Cinq nouvelles de musique au crépuscule*
5308. Camille Laurens	*Romance nerveuse*
5309. Michèle Lesbre	*Nina par hasard*
5310. Claudio Magris	*Une autre mer*
5311. Amos Oz	*Scènes de vie villageoise*
5312. Louis-Bernard Robitaille	*Ces impossibles Français*
5313. Collectif	*Dans les archives secrètes de la police*
5314. Alexandre Dumas	*Gabriel Lambert*
5315. Pierre Bergé	*Lettres à Yves*
5316. Régis Debray	*Dégagements*
5317. Hans Magnus Enzensberger	*Hammerstein ou l'intransigeance*
5318. Éric Fottorino	*Questions à mon père*
5319. Jérôme Garcin	*L'écuyer mirobolant*
5320. Pascale Gautier	*Les vieilles*
5321. Catherine Guillebaud	*Dernière caresse*
5322. Adam Haslett	*L'intrusion*

5323.	Milan Kundera	*Une rencontre*
5324.	Salman Rushdie	*La honte*
5325.	Jean-Jacques Schuhl	*Entrée des fantômes*
5326.	Antonio Tabucchi	*Nocturne indien* (à paraître)
5327.	Patrick Modiano	*L'horizon*
5328.	Ann Radcliffe	*Les Mystères de la forêt*
5329.	Joann Sfar	*Le Petit Prince*
5330.	Rabaté	*Les petits ruisseaux*
5331.	Pénélope Bagieu	*Cadavre exquis*
5332.	Thomas Buergenthal	*L'enfant de la chance*
5333.	Kettly Mars	*Saisons sauvages*
5334.	Montesquieu	*Histoire véritable et autres fictions*
5335.	Chochana Boukhobza	*Le Troisième Jour*
5336.	Jean-Baptiste Del Amo	*Le sel*
5337.	Bernard du Boucheron	*Salaam la France*
5338.	F. Scott Fitzgerald	*Gatsby le magnifique*
5339.	Maylis de Kerangal	*Naissance d'un pont*
5340.	Nathalie Kuperman	*Nous étions des êtres vivants*
5341.	Herta Müller	*La bascule du souffle*
5342.	Salman Rushdie	*Luka et le Feu de la Vie*
5343.	Salman Rushdie	*Les versets sataniques*
5344.	Philippe Sollers	*Discours Parfait*
5345.	François Sureau	*Inigo*
5346	Antonio Tabucchi	*Une malle pleine de gens*
5347.	Honoré de Balzac	*Philosophie de la vie conjugale*
5348.	De Quincey	*Le bras de la vengeance*
5349.	Charles Dickens	*L'Embranchement de Mugby*
5350.	Epictète	*De l'attitude à prendre envers les tyrans*
5351.	Marcus Malte	*Mon frère est parti ce matin...*
5352.	Vladimir Nabokov	*Natacha et autres nouvelles*
5353.	Conan Doyle	*Un scandale en Bohême* suivi de *Silver Blaze. Deux aventures de Sherlock Holmes*
5354.	Jean Rouaud	*Préhistoires*
5355.	Mario Soldati	*Le père des orphelins*
5356.	Oscar Wilde	*Maximes et autres textes*

5357. Hoffmann	*Contes nocturnes*
5358. Vassilis Alexakis	*Le premier mot*
5359. Ingrid Betancourt	*Même le silence a une fin*
5360. Robert Bobert	*On ne peut plus dormir tranquille quand on a une fois ouvert les yeux*
5361. Driss Chraïbi	*L'âne*
5362. Erri De Luca	*Le jour avant le bonheur*
5363. Erri De Luca	*Première heure*
5364. Philippe Forest	*Le siècle des nuages*
5365. Éric Fottorino	*Cœur d'Afrique*
5366. Kenzaburô Ôé	*Notes de Hiroshima*
5367. Per Petterson	*Maudit soit le fleuve du temps*
5368. Junichirô Tanizaki	*Histoire secrète du sire de Musashi*
5369. André Gide	*Journal. Une anthologie (1899-1949)*
5370. Collectif	*Journaux intimes. De Madame de Staël à Pierre Loti*
5371. Charlotte Brontë	*Jane Eyre*
5372. Héctor Abad	*L'oubli que nous serons*
5373. Didier Daeninckx	*Rue des Degrés*
5374. Hélène Grémillon	*Le confident*
5375. Erik Fosnes Hansen	*Cantique pour la fin du voyage*
5376. Fabienne Jacob	*Corps*
5377. Patrick Lapeyre	*La vie est brève et le désir sans fin*
5378. Alain Mabanckou	*Demain j'aurai vingt ans*
5379. Margueritte Duras François Mitterrand	*Le bureau de poste de la rue Dupin* et autres entretiens
5380. Kate O'Riordan	*Un autre amour*
5381. Jonathan Coe	*La vie très privée de Mr Sim*
5382. Scholastique Mukasonga	*La femme aux pieds nus*
5383. Voltaire	*Candide ou l'Optimisme. Illustré par Quentin Blake*
5384. Benoît Duteurtre	*Le retour du Général*

5385. Virginia Woolf — *Les Vagues*
5386. Nik Cohn — *Rituels tribaux du samedi soir et autres histoires américaines*
5387. Marc Dugain — *L'insomnie des étoiles*
5388. Jack Kerouac — *Sur la route. Le rouleau original*
5389. Jack Kerouac — *Visions de Gérard*
5390. Antonia Kerr — *Des fleurs pour Zoë*
5391. Nicolaï Lilin — *Urkas! Itinéraire d'un parfait bandit sibérien*
5392. Joyce Carol Oates — *Zarbie les Yeux Verts*
5393. Raymond Queneau — *Exercices de style*
5394. Michel Quint — *Avec des mains cruelles*
5395. Philip Roth — *Indignation*
5396. Sempé-Goscinny — *Les surprises du Petit Nicolas. Histoires inédites-5*
5397. Michel Tournier — *Voyages et paysages*
5398. Dominique Zehrfuss — *Peau de caniche*
5399. Laurence Sterne — *La Vie et les Opinions de Tristram Shandy, Gentleman*
5400. André Malraux — *Écrits farfelus*
5401. Jacques Abeille — *Les jardins statuaires*
5402. Antoine Bello — *Enquête sur la disparition d'Émilie Brunet*
5403. Philippe Delerm — *Le trottoir au soleil*
5404. Olivier Marchal — *Rousseau, la comédie des masques*
5405. Paul Morand — *Londres* suivi de *Le nouveau Londres*
5406. Katherine Mosby — *Sanctuaires ardents*
5407. Marie Nimier — *Photo-Photo*
5408. Arto Paasilinna — *Le potager des malfaiteurs ayant échappé à la pendaison*
5409. Jean-Marie Rouart — *La guerre amoureuse*
5410. Paolo Rumiz — *Aux frontières de l'Europe*
5411. Colin Thubron — *En Sibérie*
5412. Alexis de Tocqueville — *Quinze jours dans le désert*

5413.	Thomas More	*L'Utopie*
5414.	Madame de Sévigné	*Lettres de l'année 1671*
5415.	Franz Bartelt	*Une sainte fille et autres nouvelles*
5416.	Mikhaïl Boulgakov	*Morphine*
5417.	Guillermo Cabrera Infante	*Coupable d'avoir dansé le cha-cha-cha*
5418.	Collectif	*Jouons avec les mots. Jeux littéraires*
5419.	Guy de Maupassant	*Contes au fil de l'eau*
5420.	Thomas Hardy	*Les Intrus de la Maison Haute* précédé d'un autre conte du Wessex
5421.	Mohamed Kacimi	*La confession d'Abraham*
5422.	Orhan Pamuk	*Mon père et autres textes*
5423.	Jonathan Swift	*Modeste proposition et autres textes*
5424.	Sylvain Tesson	*L'éternel retour*
5425.	David Foenkinos	*Nos séparations*
5426.	François Cavanna	*Lune de miel*
5427.	Philippe Djian	*Lorsque Lou*
5428.	Hans Fallada	*Le buveur*
5429.	William Faulkner	*La ville*
5430.	Alain Finkielkraut (sous la direction de)	*L'interminable écriture de l'Extermination*
5431.	William Golding	*Sa majesté des mouches*
5432.	Jean Hatzfeld	*Où en est la nuit*
5433.	Gavino Ledda	*Padre Padrone. L'éducation d'un berger Sarde*
5434.	Andrea Levy	*Une si longue histoire*
5435.	Marco Mancassola	*La vie sexuelle des super-héros*
5436.	Saskia Noort	*D'excellents voisins*
5437.	Olivia Rosenthal	*Que font les rennes après Noël ?*
5438.	Patti Smith	*Just Kids*

Composition Dominique Guillaumin
Impression Novoprint
à Barcelone, le 28 décembre 2012
Dépôt légal : décembre 2012

ISBN 978-2-07-045044-2./Imprimé en Espagne.

248288